그래도, 살아갑니다

박영희 지음

그래도, 살아갑니다

박영희 지음

숨쉬는
책공장

차례

'길에서 만난 세상'
네 번째 이야기

국가인권위원회에서 발간하는 격월간 《인권》의 '길에서 만난 세상' 취재를 나가면 의외로 가명을 써 달라는 사람들이 많다. 곰곰이 생각건대 우리 사회에 그만큼 비정규직 종사자가 많다는 뜻이 아닐까.

　-맞아요, 스페어타이어. 매년 2월만 되면 불안에 떠는. 이번에는 될까 안 될까, 된다면 계약 기간이 얼마나 될까. 6개월? 1년?

　어쩌다 우리는 이름조차 떳떳이 밝힐 수 없는 시한부 시대를 살아가고 있는 걸까? 이러고도 국가는 민주주의의 근간을 흔드는 인권에 대해 설명할 수 있을까? 10년째 학생들을 가르치고 있는 기간제 교사의 고백은 한동안 말을 잊게 만들었다. 자신의 이름을 밝히는 순간 불이익을 당해 스페어타이어로 내몰릴 수도 있기 때문이다.

정권이 바뀌면서 언론에 자주 등장하는 말이 있다. '연차를 사용하라.' 과연 그럴 수 있을까?

-가장 길게 쉬어 본 게 3일이었네요. 여름휴가는 꿈조차 꿀 수 없고요. 연애요? 글쎄요. 제 직업이 달력의 빨간 숫자와 인연이 없어서요.

인권의 첫 걸음은 태어나면서 가지는 당연한 권리를 말한다. 차이는 존중하되, 차이가 차별이 되어서는 안 된다는 것이다. 그런데 왜 지방 병원에서 간호사로 일하는 B씨는 당연한 권리에 고개를 내젓는 걸까. 혹시 정부가 학원을 학교로 잘못 알고 내놓은 홍보성 광고는 아니었을까. 열 명에게 물어도 돌아온 대답은 영 신통치 않았다. 현실에 맞지 않거나 현실을 모르고 하는 소리라며 오히려 화를 냈다.

《인권》 '길에서 만난 세상' 꼭지에 발표한 글을 첫 단행본으로 묶어 낼 때(2006년) 등장한 주요 단어는 '빈곤'과 '양극화'였다. 그러나 최근 몇 년 사이 우리 사회가 변하면서 그 자리는 '불안'과 '박탈감'으로 바뀌었다.

-이 나라가 왜 이러는지 모르겠어. 노인들 살기가 갈수록 불안하잖아. 스스로 목숨을 끊는 뉴스도 자주 나오고…….

-인프라 면에서 수도권 대학생들이 부럽긴 하죠. 어쩌다 한

번 접하는 기회와 수시로 접할 수 있는 환경은 상대적 박탈감을 가져오기도 하고요.

르포르타주(Reportage)는 사회적인 현실에 대해 주관을 섞지 않고 객관적으로 서술하는 것을 말한다. 취재원들의 생각과 감정을 소설 쓰듯 함부로 추측하거나 상상해서도 안 된다. 르포르타주의 생명은 사실을 바탕에 두고 있기 때문이다. 조지 오웰의 말을 빌리면 '어떤 이들은 기막히도록 가난했고, 그 가난은 한 사람의 장래마저 전멸시켰던 것이다.'

격월간 《인권》에 11년 동안 르포를 쓰면서 배운 점도 있다. 각종 선거와 무관하게 우리 사회는 최저시급 사회로 흘러가고 있다는 것이다. 그 흔한 뉴스마저 하루하루를 버텨 내는 생계형 서민들을 비켜 가곤 한다. 아파트 경비원으로 일하는 H씨는 '1년 동안 고생 많았습니다'라는 문자를 받았을 때가 제일 불안하다고 했다. 머잖아 짐을 싸라는 해고 통보였던 것이다.

'길에서 만난 세상' 네 번째 이야기인 《그래도, 살아갑니다》 속에는 톨게이트 요금 수납원, 기간제 교사, 대리운전 기사, 지방 병원 간호사, 유기농 농사꾼, 지방 대학 청년들, 세공사, 선박 수리공, 경비원, 고려인 등 17편의 르포가 담겨 있다. 르포르타주의 속성상 즐겁고 환한 이야기는 아니다. 올망졸망한 마을에서 이웃처럼 살아가는 사람들의 인생사다. 사는 게 참 힘들고 불안한…….
코로나19 한파까지 겹쳐 마음이 더욱 무거울 수밖에 없다.

10여 년 넘게 우리 사회의 그늘진 현장을 접할 수 있도록 격려

해 준 《인권》 팀에게 감사드리며, 숨쉬는책공장에도 고마운 마음
을 전한다.

2020년 여름 태백에서 박영희

○
○
○

고속도로 위

바람집

첫 번째 이야기

○　○　○

줄을 서서 기다리던 승용차 한 대가 4번 부스 앞에 멈춰 섰다.

"반갑습니다, 고객님. 만 원 받았습니다."

운전자로부터 고속도로 통행권과 돈을 받아 든 김수진 씨의 손놀림이 바빠졌다. 방금 운전자가 내민 통행권을 단말기에 주입하자 손수건 크기의 화면에 차량번호, 출발지, 징수요금 내역이 동시에 나타났다.

"거스름돈 6,400원입니다. 좋은 하루 되십시오."

평일인데도 차량은 꼬리에 꼬리를 물었다. 덩달아 수진 씨의 입과 손도 기계처럼 움직였다. 손목시계를 풀어 시간을 재 보았다. 차량 한 대당 고속도로 통행료를 징수하는 데 걸린 시간은 11~14초. 수진 씨는 하루 1,700여 대의 차량을 지금의 속도로 처리한다고 했다.

한 평이 채 될까 말까 한 부스에 들어온 지 10분가량 지나서였다. 통행권기기에서 전자카드기기로, 정액권기기에서 영수증기기로 쉴 새 없이 오가던 수진 씨의 손이 잠시 동작을 멈췄다. 시동을

그래도, 살아갑니다

켠 채 차례를 기다리는 차량들 때문인지 부스 안은 매캐한 냄새가 가시질 않았다. 그제야 뒤를 힐끔 돌아보던 수진 씨가 겸연쩍게 웃었다.

화분에서 피는 꽃으로는 어렵다

"매연 냄새 많이 나지요? 바람이 반대 방향으로 불면 그나마 조금 낫지만, 오늘처럼 부스 쪽으로 불어오면 속이 메스꺼울 때도 있어요. 소음도 만만찮아요. 퇴근 시간 때면 귀가 먹먹해져요."

그러면서 덧붙이기를 그는 일주일에 두 번 정도 돼지고기를 먹는다고 했다.

"폐와 기관지를 보호하려면 생수와 삼겹살은 기본이에요. 대추차, 도라지차, 생강차도 수시로 마셔야 하고요."

이번에는 집채만 한 화물차가 들어왔다. 의자에 앉아 일을 하던 수진 씨가 살짝 엉덩이를 들더니 왼손을 쭉 뻗어 내밀었다. 승용차는 아래로, 화물차와 대형버스는 손을 위로 뻗어야 통행권과 돈을 건네받을 수 있다.

"통행료 징수가 단순한 업무인 데 반해 운전자들과의 마찰이 심심찮게 일어나요. 하루 평균 3~4건 정도요? 가장 속을 썩이는 문제가 통행권을 뽑아 오지 않았거나, 통행권을 분실한 운전자들로 인해 생겨나는 일들이에요."

바로 이럴 때 차량 한 대당 11~14초가 걸리는 징수 업무는

1분 이상 걸린다. 문제는 거기서 끝나지 않는다. 톨게이트가 한산할 때면 모를까, 차량들이 꼬리를 부는 주말과 공휴일에 이런 일이 발생하면 시쳇말로 난리가 난다.

"어휴, 운전자들이 내뱉는 욕설을 어떻게 제 입으로 다 말할 수 있겠어요. 빵빵거리는 경적에 삿대질은 예사고요. 심할 땐 통행권과 돈을 휙 던지고 가는 운전자들도 있어요."

수진 씨가 들려주는 운전자들의 욕설은 상상을 초월했다. '××년'은 이제 흔히 듣는 일상적인 말이 돼 버렸고, 왜 그 따위로 일을 하느냐, 그 따위로 일할 거면 당장 때려치워라, 심지어는 본사에 민원을 넣어 직원을 교체하라며 으름장을 놓는 운전자들도 있다. 모두 몇 초 사이에 벌어지는 일들이다.

"운전자들의 바쁜 마음을 십분 이해한다고 하더라도 너무 일방적으로 당할 때는 화가 나요. 통행권을 뽑아 오지 않은 운전자들 때문에 발생한 일이잖아요. 특히 제 동생 또래의 청년들한테 욕설을 들으면 앞이 캄캄해져요. 성희롱 발언까지 해 가며 모욕을 주기도 하고요."

그렇다고 달리 해결할 방법이 있는 것도 아니다. '행복을 이어 주는 사람들'이라는 톨게이트 사무실에 걸린 표어처럼 운전자는 고객이고, 수진 씨는 시종 웃음을 잃어서는 안 되는 감정노동자이기 때문이다. 해서 그는 아무리 화나는 일이 생기더라도 겉옷에 묻은 먼지를 털듯 훌훌 되도록 빨리 잊어버리려 애쓴다. 톨게이트를 지나는 운전자들 입장에서는 한바탕 퍼부은 뒤 부르릉 떠나면 그

그래도, 살아갑니다

만이지만, 그로서는 아직 마쳐야 할 일과가 남아 있기 때문이다.

"화분에서 피는 꽃으로는 어렵다고 할까요. 늘 웃음을 잃지 않는, 돌에서 피어나는 부처의 미소가 되지 않고는 누구도 이 일을 버텨 낼 수 없어요. 10초 뒤에, 다시 10초 뒤에 새로운 고객을 상대해야 하거든요."

남성 운전자들의 말, 말, 말

수진 씨가 겪는 심적 고통은 그것 말고도 또 있었다. 요금 징수가 왜 이리 더디냐며 버럭 화를 내는 운전자를 시작으로 명함을 건네는 남자, 전화번호를 알려 달라는 남자, 다음에 밥을 같이 먹자는 남자, 헤어스타일이 마음에 든다는 남자, 참하게 생겼다며 너스레를 떠는 남자, 잔돈을 받으면서 손을 잡는 남자, 속옷 차림으로 희롱하는 남자……. 운전자들에게 그런 말을 들으면 기분이 어떠냐고 묻자 수진 씨는 씁쓸한 표정을 지어 보였다.

"고속도로를 오가는 운전자 중 열에 여덟이 남자들인데 좋을 건 없지요. 엄밀히 말하면 상대를 깔보는 접대용 말들이잖아요. 성희롱이나 다름없고요. 반면에 고생한다며 음료수나 과일을 주고 가는 고객도 있어요."

바람처럼 나타나 바람처럼 사라지는 운전자들의 상습적인 행태는 거기서 끝나지 않는다. 징수 업무와 전혀 별개의 일이 버젓이 눈앞에서 벌어지기도 한다.

"6년 전 이 일을 시작할 때 저도 깜짝 놀랐어요. 톨게이트에 쓰레기를 버리고 가는 운전자들이 얼마나 많은데요. 그것도 마치 기세를 부리듯 당당히 버리고 가는걸요."

물론 징수 업무를 하다 보면 본의 아니게 난처한 입장에 처할 때도 있다. 다름 아닌 국가유공자와 장애인 등이 소지한 감면카드(할인, 면제)를 받아 들 때다. 1997년 복지 차원에서 시행된 감면카드 제도는 차량번호, 할인식별표지, 그리고 본인의 탑승 여부를 직접 확인해야 하는데 그때마다 수진 씨는 죄를 짓는 기분이라고 했다.

"입사하고 열흘쯤 지나서였어요. 업무수칙대로 차량번호와 할인식별표지, 본인의 탑승 여부를 확인하려는데 고객께서 대뜸 이렇게 말하지 않겠어요. 왜 그런 눈으로 쳐다보느냐, 몇 푼 되지도 않는 감면 혜택 받으면서 몹시 불쾌하다."

그러나 이 또한 따지고 보면 수진 씨의 잘못만은 아니다. 더구나 감면카드는 톨게이트에서 가장 시간을 많이 끄는 카드 중 하나로 운전자들과 얼굴을 붉히는 일이 잦은 편이다. 감면카드를 발급받은 운전자는 반드시 차량에 탑승해야 하지만 그게 잘 지켜지지 않는다고 할까. 실제로 한국도로공사에 따르면 한 해 부정 사용 차량 건만도 8,000여 건에 달한다고 했다. 그중 감면카드를 타인에게 빌려준 사례가 가장 많았으며, 다음으로는 비할인 차량을 이용하면서 할인을 요구하는 경우, 그리고 장애인차량 식별표지를 부착하지 않은 순으로 나타났다.

그래도, 살아갑니다

"초를 다투는 톨게이트에서 감면카드 업무가 힘든 건 사실이에요. 탑승자를 직접 확인하는 일도 쉽지 않고요. 특히 탑승한 장애인과 눈을 맞닥뜨릴 때는 얼굴이 화끈 달아오르기도 해요. 승용차일 경우 본의 아니게 위에서 아래로 내려다보는 입장이 되잖아요. 장애인 입장에서 보면 저의 그런 행동이 몹시 언짢은 것만은 사실일 거예요."

하지만 문제는 한 마리의 미꾸라지가 온 개천을 흐려 놓는 것처럼 다른 운전자들에게 피해를 주는 얌체족이 날로 늘어나고 있다는 점이다. 이에 대해 수진 씨는 달리 방법을 찾을 길이 없다며 한숨을 내쉬었다.

"매번 느끼는 거지만 속상해 죽겠어요. 몇몇 운전자들 때문에 차량이 밀리게 되고 그 욕을 고스란히 제가 떠안는 셈이 되잖아요."

은행과 톨게이트 번호표는 뭐가 다른가

그런데 좀 이상하다고 했다. 은행에 일을 보러 가서는 번호표를 뽑아 잘들 기다리면서 왜 톨게이트에서는 화부터 내는지 모르겠다며. 듣고 보니 틀린 비유는 아니었다. 종로에서 뺨 맞은 사람이 한강에서 눈을 흘기는 것처럼 들렸다. 운전자들 간의 부주의로 벌어진 일인데도 그 몰매를 톨게이트에서 일하는 직원들이 대신 맞고 있는 것이다.

그래도, 살아갑니다

"감정노동자라는 말이 참 싫을 때가 있어요. 감정노동자는 늘 웃어야 하고, 그 웃음을 들켜서도 안 되잖아요."

두 시간에 한 번꼴로 업무 교대를 한다는 수진 씨와 함께 지하통로(톨게이트에서 일하는 직원들은 지하통로로 출퇴근을 한다)를 통해 사무실로 돌아왔을 때다. 초등학생 딸을 둔 수진 씨가 휴가 이야기를 꺼냈다.

"휴가철이 끝나 갈 무렵이었어요. 딸이 잔뜩 찌푸린 얼굴로 묻지 않겠어요. 엄마는 언제쯤 휴가를 받느냐고요. 순간 가슴이 뜨끔했어요. 휴가는 고사하고, 벌써 두 달이 다 지나도록 딸과 함께 대구를 벗어난 적이 없었거든요. 점수로 치면 50점짜리 엄마나 될지 모르겠어요."

비단 이것은 수진 씨만 겪는 일이 아니었다. 함께 자리한 이성자 씨에 따르면 휴무는 '복불복'이라고 했다.

"1교대는 오전 6시부터 오후 2시까지, 2교대는 오후 2시부터 10시까지, 그리고 3교대는 밤 10시부터 이튿날 오전 6시까지 근무를 해요. 사정이 이렇다 보니 가족들과 함께 휴일을 보낸다는 건 엄두도 못 내요. 그나마 생일이라도 챙겨 줄 수 있다면 천만다행이라고 할까요. 남들 다 가는 휴가라든지, 명절을 잊고 산 지 오래됐어요. 10여 년을 근무하면서 명절에 딱 한 번 시댁에 갈 수 있었는데 그야말로 복불복에서 히든카드를 집어 든 해였지요."

서대구 톨게이트에서 일하는 68명의 직원 중 미혼은 단 두 명뿐, 나머지는 마흔 중반의 아주머니들이다. 그 때문이었을까. 휴가와 명절 이야기가 나오자 분위기는 숙연해졌다. 수진 씨는 근무 도중 휴가를 다녀오는 가족들을 보면 부러운 마음이 먼저 든다며 한숨을 내쉬었고, 맏며느리 이성자 씨는 가족들의 이해 없이는 이 일을 하기 어렵다며 시댁 식구들에게 용서를 구하기도 했다.

"주5일 근무를 하는데도 가족들과 시간 맞추기가 참 어려워요. 주일과 공휴일에 쉬는 건 하늘의 별 따기나 다름없고요. 그러니 어떡해요. 미운오리 짓을 했으니 용서를 구할 수밖에요."

20년 가까이 주부로만 지내다 남편의 사업이 어려워지면서 입사를 결심했다는 이성자 씨의 입에서 뜻밖의 이야기가 튀어나왔다.

"정산을 마친 가축 차량이 막 출발할 때였어요. 짐칸에 실린 소가 그만 똥을 싸고 말았는데 하필 그 똥을 내가 뒤집어썼으니 꼴이 어땠겠어요. 사흘이 지났는데도 냄새가 가시질 않아 애를 먹었어요. 소나 돼지, 닭을 싣고 다니는 가축 차량들이 그래요. 트럭에 실린 소가 꼬리로 후려치는 바람에 얼굴을 맞은 동료도 있는걸요."

잊을 만하면 되살아나는 지난 기억들 때문인지 이성자 씨의 경험담에 수진 씨가 맞장구를 쳤다.

"맞아요. 가축 차량은 여름철에 더 힘든 것 같아요. 이건 냄새가 아니라 악취거든요. 그뿐인 줄 아세요. 개를 실은 차량이 톨게이트로 들어서면 등골이 오싹해져요. 운전자는 앞에 타서 잘 모르겠지만 징수 업무를 하는 저로서는 그 개들과 눈을 마주쳐야 하잖아요."

하긴, 이 지역과 저 지역을 연결해 주는 통관문(通關門)에서 일을 하는지라 경험담은 한두 가지가 아니었다. 이번에도 이성자 씨가 먼저 말문을 열었다.

"3교대 근무가 제일 힘든 것 같아요. 줄어든 차량에 관계없이 졸음을 참아 가며 밤을 꼬박 새운다는 게 쉽진 않잖아요. 바람이 심하게 부는 날은 을씨년스럽기까지 해요. 이곳에서 멀지 않은 곳에 공동묘지가 있단 말이죠."

사람 대 사람

11월로 접어드는 톨게이트에는 고삐 풀린 망아지처럼 바람이 사방을 헤집고 다녔다. 이튿날 밤에 다시 찾아가 확인한 사실이지만 고속도로에 세워진 부스는 '바람집'을 연상케 했다. 톨게이트 인근 어디에도 인가는 보이지 않았다.

"톨게이트에 미혼 근무자가 왜 적은지 아세요? 저도 톨게이트 일을 하면서 일부러 피하는 게 있어요. 공포 드라마나 영화예요. 굿은비가 내리는 자정 무렵을 연상해 보세요. 그런 날은 이따금씩 나타나는 차량도 무서워요. 한 번 무섬증에 빠지면 좀처럼 헤어나기 어려운 곳이 바로 톨게이트 부스란 말이죠."

수진 씨의 이야기를 듣고 있던 이성자 씨가 고개를 끄덕였다. 그러자 수진 씨가 몸을 부르르 떠는 시늉을 하면서 말머리를 돌렸다.

"3교대 근무를 마쳤다고 해서 일과가 끝나는 건 아니에요. 퇴근과 함께 재빨리 주부로 돌아가야 해요. 저 같은 경우는 7시경 집에 도착해 아침밥을 지은 뒤 남편과 딸을 직장과 학교로 보내는데, 설거지에 세탁까지 마쳐야 비로소 일과가 끝나요."

1교대 출근도 예외일 수 없다. 두 사람 모두 새벽 4시 30분경 기상해 아침식사 준비를 마친 뒤 출근한다고 했다.

"급여는 얼마쯤 받나요?"

"150에서 180만 원 선이요? 그렇지만 톨게이트 근무는 조금 다른 데가 있어요. 승용차가 없으면 출퇴근이 불가능해요. 보시다시피 시내 외곽에 있어 대중교통을 이용하는 건 어렵잖아요."

하지만 이런 일쯤은 어느 누구나 겪는 거라며 크게 마음에 두지 않았다. 대신 두 사람이 동시에 입을 모은 건 '사람 대 사람'이었다.

"고속도로를 오가는 운전자들에게 꼭 당부하고 싶은 말이 있습니다. 더도 말고 덜도 말고 톨게이트에서 일하는 직원들을 사람 대 사람으로만 대해 달라는 것입니다. 수고한다며 먼저 인사를 건네는 운전자를 만나면 일과가 끝나는 시간까지 마음이 따뜻하지만, 괜히 깔보려 들고 업신여기는 말투로 상대를 아프게 하는 운전자를 만나면 밥을 먹을 수가 없어요."

뜻밖이다 싶었다. 다른 사람도 아니고, 서대구 톨게이트에서 '고참 언니'로 통하는 이성자 씨의 입에서 이런 말이 나온 것이다.

그래도, 살아갑니다

"직원들 모두가 하이패스를 홍보하는 조끼를 입고 일하던데 기분이 어떠세요?"

"안 그래도 모이면 걱정들 많이 해요. 하이패스가 자리를 잡으면 어렵게 구한 직장을 잃게 되잖아요. 그로 인해 생겨날 가계 부담을 생각하면 저부터도 잠이 안 오고요."

한국도로공사는 2008년 12월부터 톨게이트 수납 업무를 하청업체에 외주화(outsourcing)하기 시작했다. 문제점도 드러났다. 외주화된 하청업체의 수납 노동자들이 한국도로공사의 지시를 받아 일하고 있었다. 2013년 이에 불복한 톨게이트 수납 노동자들이 한국도로공사를 상대로 "직접 고용하라"며 소송을 냈고, 2019년 8월 29일 대법원은 "한국도로공사는 톨게이트 수납 노동자들을 직접 고용하라"는 판결을 내렸다.

"일만 열심히 하면 되는 줄 알았더니 참 많은 걸 배우네요. 제 딸도 이런 세상을 살아갈까 봐 내심 두렵기도 하고요. 이젠 정말 좋은 세상이 어떤 세상인지, 자신 있게 말해 줄 용기조차 나지 않네요."

교대 시간이 다 됐다며 자리에서 일어서던 수진 씨가 희미하게 웃었다. 한 평이 채 될까 말까한 부스로 다시 돌아가는 감정노동자의 웃음이 왠지 허탈해 보였다. 일을 하는 동안에도 수진 씨는 열 개의 손가락을 오므렸다 펴기를 반복했다. 정신없이 바쁜 날은 일과를 마치면 손이 마비가 된다고 했다.

카지노 / Hotel Casino ↑

○
○
○

투 핸드

스리 핸드

두 번째 이야기

○　　○　　○

2000년 10월, '국민의 정부'가 백운산 자락에 설립한 강원랜드에서 사람들이 쏟아져 나왔다. 전날 카지노가 개장하는 오전 10시에 입장해 20시간 만에 퇴장하는 사람들이었다.

"간밤에 재미 좀 봤습니까?"

"재미를 봤으면 이 시간까지 남았겠소."

50대 후반의 남자가 피곤한 듯 미명이 걷히는 셔틀버스 정류장으로 종종걸음을 쳤다. 얼마 지나지 않아 카지노 건물에서 썰물처럼 빠져나온 삼천여 명도 어디론가 뿔뿔이 흩어지기 시작했다.

병 주고 약 주는 것도 아니고

이른 아침 사북역은 청량리행 기차를 타려는 사람들로 발 디딜 틈이 없었다. 초췌한 얼굴로 역사(驛舍) 밖에서 담배를 피우거나 비좁은 대합실 의자에 버젓이 드러누운 여성도 있었다. 행려들의 모습을 보는 것 같았다.

　　　　　　　　　　　　　　　　　그래도, 살아갑니다

대합실 안 분식점에서 라면을 안주 삼아 술을 마시는 남자 곁으로 다가갔다. 40대 초반의 성훈 씨는 헛웃음을 내뱉었다.

"뭐 묻은 개가 뭐 묻은 개 나무란다고 누굴 탓하겠습니까. 어차피 세상은 자업자득인 것을……."

의정부에서 왔다는 성훈 씨가 단숨에 술잔을 비웠다. 카지노에서 잃은 돈만 1억 원이 넘는다고 했다.

"이 바닥이 그렇더라고요. 처음엔 삐까번쩍 자가용 몰고 왔다가 기차나 버스 타고 올라갑니다. 투숙도 호텔에서 모텔로, 찜질방에서 앵벌이 노숙자로 순서가 정해져 있고요. 그리고 이건 사담인데 카지노에서는 남자보다 여자들이 더 오래 버팁니다. 여자들은 돈 떨어지면 식당에 취직해 꽁지(선금)도 당겨쓸 수 있고, 돈을 딴 남자 곁에서 시중만 잘 들어도 개평에 하룻밤 잠까지 잘 수 있거든요."

2006년 겨울, 성훈 씨의 나이 서른한 살 때였다. 직장 동료들과 하이원리조트에 스키를 타러 왔다가 그만 카지노 도박에 빠지고 말았다.

"재미 삼아 당긴 슬롯머신에 그만 발목이 잡힌 거죠. 3만 원으로 30만 원을 벌었으니 입맛이 당길 수밖에요. 왜, 화투나 낚시에서도 종종 그런 일이 생기잖아요. 초짜들이 돈을 따거나 월척을 낚는……."

서울에서 컴퓨터 관련 일을 하는 성훈 씨에게 블랙잭, 슬롯, 룰렛, 바카라, 포커는 낯설면서도 흥미로움을 안겨 주었다. 카지노

관련 책을 구입해 읽은 것만도 한두 권이 아니었다.

"그 말이 맞는 것 같아요. 인간의 3대 욕구(식욕, 성욕, 수면욕)가 식었을 때는 이미 늦었다는. 도박 중독이 어느 정도 자리를 잡았다는 뜻이죠. 카지노에 빠져 주말을 사북에 내려와 보냈으니 여자 친구가 눈에 보이기나 했겠습니까. 낌새를 챘는지 여자 친구가 먼저 떠나더군요."

채 10분도 안 되어 소주 한 병을 다 비운 성훈 씨가 분식점 벽시계를 쳐다보았다. 6시 57분에 떠나는 청량리행 기차를 타려면 시간이 좀 남아 있었다.

"삶의 위기를 느낀 건 카지노를 드나든 지 4년쯤 지나서였습니다. 카지노에 직접 출입제한 신청을 했습니다. 내 의지만으로는 도저히 불가능해 보여 카지노 측에 도움을 요청한 겁니다."

그리고 얼마쯤 지났을까. 강원랜드 홍보과라며 전화가 걸려왔다. 출입제한이 해제되었다는 여직원의 말에 성훈 씨는 고개를 갸웃거렸다. 한 번 신청하면 카지노 출입이 영구히 제한되는 줄 알았으나 그게 아니었다.

"출입제한에서 해제까지의 기간이 3년이라고 하더군요. 먼저는 제 잘못이 컸지만 원망스럽기도 했습니다. 그때 만약 카지노에서 해제 전화만 걸어오지 않았더라도 지금처럼 망가지진 않았을 거란 말이죠."

"그럼, 출입제한 신청을 하고 3년 동안 카지노를 한 번도 가지 않았던 겁니까?"

그래도, 살아갑니다

"물론입니다. 은행에서 대출받은 돈도 조금씩 갚아 가는 중이 었고요."

성훈 씨의 나이도 어느덧 40대 중반. 그동안 빌려 쓴 금융기관 빚만 9,000만 원이 넘는다고 했다.

급하게 마신 술 탓인지 성훈 씨의 음성이 거칠어졌다.

"병 주고 약 주는 것도 아니고. 카지노, 경마, 경륜, (스포츠) 토토, 복권 모두가 국가가 벌인 도박 사업이잖습니까. 그렇다면 국가도 여기에 대해 뭔가를 해야지 않을까요? 도박 중독 치료나 예방을 위해 말이죠. 강원랜드에서만 한 해 1조 원 가까운 수익을 올린다고 들었습니다."

강원도 정선군 사북읍에 자리한 강원랜드 도박장은 현재 게임테이블 200대, 슬롯머신 3,600대가 설치되었다. 2000년 가을 스몰카지노에서 시작한 때(게임테이블 30대, 슬롯머신 500대)와 비교하면 엄청난 차이다. 카지노 경영은 산업통상자원부에서, 영업은 문화체육관광부가 맡고 있다.

우리나라 도박 중독 인구는 300만 명

초록 융단의 도박대를 둘러싸고 있는 입술 없는 얼굴들,
핏기 없는 입술에 이빨 없는 합죽한 턱, 그리고
빈 호주머니나 두근거리는 가슴 더듬으며
지독한 열로 떨리는 손가락들

―샤를 피에르 보들레르, <노름> 중에서

18세기 유럽 귀족들의 사교장에서 출발한 카지노는 한국에서도 문전성시를 이루고 있다. 국내는 물론이고 2018년 한 해 동안 동남아 원정도박으로 빠져나간 돈만 5조 원에 이른다. 그 누구보다 카지노의 생리를 가장 잘 꿰뚫고 있던 프랑스 시인 샤를 피에르 보들레르는 이렇게 외쳤다.

'인생의 매력은 도박에 있다. 그러나 기억하라! 지칠 줄 모르는 도박자들아. 시간이 룰렛(roulette)의 판에서 항상 승리한다. 인간이 절대 이길 수 없는 게임이다.'

현재 우리나라 도박 중독 인구는 300만 명을 넘어섰다. 그에 반해 도박 중독자를 예방하고 구제하려는 노력은 매우 미미한 실정이다. 성훈 씨의 말이 사실이라면 감옥에 가든, 가정이 파괴되든, 정신착란을 일으키든, 자살해 죽든, 도박으로 인한 후유증만 난무할 따름이다.

카지노 개장 이후 도박 중독 문제가 끊임없이 제기되었다. 2001년 9월 강원랜드는 도박 예방·치유·재활을 목적으로 강원랜드 중독관리센터(KLACC)를 개설했다. 하지만 성훈 씨는 여전히 못마땅한 눈치였다.

"저도 몇 번 상담을 받아 봤는데 별 효과는 없더군요. 카지노 건물 안에 중독관리센터가 들어선 것부터 우스운 일이기도 하고요. 마음은 이미 콩밭(도박장)에 가 있는데 상담사의 말이 귀에 들어오겠습니까."

도박 중독은 통계에서도 잘 나타난다. 카지노 도박 중독 판정을 받고 강원랜드로부터 영구 출입제한 조치를 받은 사람 수는 2012년 5,152명에서 2015년 6,125명으로 그 수가 꾸준히 증가하는 추세다.

청량리행 첫 기차가 떠난 뒤였다. 사북역에서 근무하는 역무원 채윤식 씨와 잠깐 이야기를 나눴다.

"이른 아침부터 사북역이 꽤 붐비네요?"

"그나마 돌아갈 곳이 있는 사람들은 희망적입니다. 고객 중에 무임승차권을 요구하는 분이 더러 있는데, 제 선에서 해결할 수 없는 문제라 경찰서나 관공서 방문을 권하곤 합니다. 그런데 어떤 분이 이런 말을 하더군요. 경찰서를 찾아갔다간 신원조회를 받을 것이고, 사채에 쫓기는 신세라 더 위험할 수도 있다는……."

지금으로부터 20여 년 전, 절망의 막장에서 희망의 불(석탄)을 캐냈던 사북은 예전 모습이 아니었다. 폐광지역의 경제회생과 고용창출이라는 캐치프레이즈로 문을 연 카지노 또한 허튼 욕망처럼 보였다. 정작 3교대 막장에서 탄을 캔 광부와 가족(원주민)들은 탄광촌을 떠났기 때문이다.

"그때가 꼭 좋았다고 말할 수는 없지만, 여성 노숙자들을 보면 비애감마저 들곤 합니다. 카지노가 생기면서 하루 세 끼를 강냉이 튀긴 걸로 해결하더군요."

투 핸드 스리 핸드

전당포와 모텔이 즐비한 사북 읍내 거리를 지나 고한으로 향했다. 2000년 8월 스몰카지노가 처음 들어선 고한도 사정은 크게 다르지 않았다.

예순쯤 되었을까? 고한역에서 만난 최숙자 씨 얼굴에서 인생역정과 자포자기의 심정이 데칼코마니처럼 겹쳤다.

"11년 전 서울에서 내려와 셋방을 얻어 살고 있는데 누가 알았겠어요. 고한 사람이 될 줄……. 멋모르고 사채를 쓴 게 잘못이었죠. 100만 원을 빌리니까 이자로 20만 원을 뗀 뒤 80만 원만 주지 않겠어요."

눈 감고 아웅 하는 식의 사채를 몇 차례 더 빌려 쓴 뒤였다. 다급해진 최숙자 씨는 공급이 수요를 따라가지 못하는 카지노의 좌석을 팔았다. 카지노를 이용하려면 전날 0시 이전까지 ARS(자동응답서비스)로 입장 신청 등록을 해야 하는데, 게임테이블 좌석이 턱없이 부족했다. 미리 좌석을 등록한 최숙자 씨는 그 틈새를 노렸다. 평일에 좌석을 팔면 20~30만 원, 주말에는 50만 원까지 받을 수 있다.

"나 같은 처지의 사람들을 이곳에서 뭐란 줄 아세요? 남자는 앵벌이, 여자는 쪽박걸이라고 불러요. 줄잡아 200~300(명)쯤 되고요. 버티는 방법은 크게 세 가지예요. 먼저 등록한 자리 팔기, 투핸드 스리 핸드, 그마저도 어려우면 식당에서 일하는 거죠."

"투 핸드 스리 핸드가 궁금하군요."

"종속관계라고 보면 돼요. 1회 베팅액이 1인 30만 원으로 제한돼 있어 돈 좀 가진 사람은 마음이 급할 수밖에 없거든요. 성공할 확률이 90%가 넘는 상황에서 정해진 30만 원밖에 베팅할 수 없다는 건 억울하잖아요. 그때 원 핸드(오너)가 90만 원어치 칩(chip)을 사서 앵벌이나 쪽박걸에게 나눠 주는 겁니다. 1회 베팅에서 더 많은 돈을 벌기 위해 말이죠. 물론 투 핸드와 스리 핸드는 오너가 베팅한 쪽을 따라갑니다. 베팅에 성공하면 오너는 나머지 핸드들에게 일정한 수고료를 챙겨 주고요. 여긴 도박장이잖아요."

설령 그렇더라도 카지노에서만 11년을 버텨 왔다는 게 믿어지지 않았다.

"마약처럼 도박 중독도 시간이 지나면 힘든 일을 못해요. 저도 사채를 갚아 보려고 식당에서 일한 적 있는데 사흘을 못 버티고 나왔지 뭡니까. 카지노에서 하루걸러 날밤을 새우다 보니 몸이 망가질 대로 망가진 겁니다. 몸에서 기가 다 빠져나갔다는 말이 더 정확하겠네요."

40대 후반에 서울에서 내려와 예순을 바라보는 최숙자 씨가 담배를 피워 물었다. 쌀쌀한 가을 날씨처럼 왠지 모를 스산함이 느껴졌다.

"카지노를 드나든 지 2, 3년쯤 지나면 서서히 증세가 나타납니다. 도박 중독자는 도박장 안에 있어야 가장 안전합니다. 만 원짜리 한 장만 있으면 (입장권 끊어) 안으로 들어갈 수 있으니 어려운 일도 아니죠."

　자고 나면 사채가 눈덩이처럼 쌓여 갔다. 머리를 스쳐 간 두 글자는 '자살'이었다. 나 하나만 죽으면 모든 게 끝난다는 절박함이 머릿속에서 떠나질 않았다.

　"맨 처음 자살 소식을 접한 건 카지노 화장실에서 죽은 수원 여자였어요. 그런데 참 이상하죠. 그 뒤부터는 사람이 죽어도 무덤덤해지더라고요."

　간밤 사북에서 숙박할 때였다. 모텔에서 일하는 아주머니가 충격적인 이야기를 들려주었다.

　"제 눈으로 본 것만 다섯 명이었네요."

　"모텔에서 자살한 사람을 말하는 겁니까?"

　"여기는 퇴실 시간에 맞춰 객실 문을 열 때가 제일 무서워요. 2년 전 처음 봤을 때는 한동안 일을 못 나갔고요. 목매달아 죽은 모습이 자꾸만 저를 따라다니지 않겠어요. 이제 그런 죽음은 뉴스거리도 안 되지만……."

　강원랜드 카지노가 들어선 후 스스로 목숨을 끊은 사람만 800여 명. 2012년 강원도 정선경찰서 정보공개에 의해 밝혀졌다. 강원랜드가 있는 정선군 내 자살 및 변사체의 수는 월 6~7명으로, 전국에서 1위를 차지했다.

　흔한 일상처럼 전해지는 자살 때문이었을까. 침묵을 지키고 있던 최숙자 씨가 마지못한 표정으로 말끝을 맺었다.

　"콤프(complimentary)라는 게 있어요. 1,000만 원을 잃으면 카지노에서 마일리지로 30만 원쯤 적립해 주는. 그렇지만 콤프도 또 다른 유혹일 뿐이죠. 현금 대신 사용하는 콤프로 모텔과 찜질방을 전전하다 결국엔 나처럼 사채에 손을 대니까요. 카지노 자살이 그래서 늘어나는 겁니다. 물에 빠지면 건져 줄 사람이라도 있지만 늪은 다르잖아요."

게임은 사람을 존중하지 않는다

김상룡 씨가 카지노 도박에 빠져든 건 김포공항 출입국관리소에서 공무원으로 재직할 때였다.

"외국산 가전제품 반입이 국내에 금지된 때(1970년대)라 돈이 나를 따라다녔다는 말이 더 맞을 거네. 그걸 뒷문으로 몰래 빼내 주거나 구하기 힘든 항공권을 구입해 주면 월급의 세 배를 손쉽게 벌 수 있었으니까."

부정부패와 상납이 만연하던 유신정권 시절이었다. 영사관 직원을 통해 미국 영주권까지 손에 넣은 김상룡 씨는 두 자녀를 미국으로 유학 보냈다. 라스베이거스에 가 본 것도 그 무렵의 일이다.

"부부가 여행 삼아 간 라스베이거스에서 멈췄더라면 얼마나 좋았겠나. 가랑비에 옷 젖는다고 미국 영주권을 무기로 전진밖에 몰랐으니……. 내국인 출입을 제한하는 인천 올림포스, 부산 극동호텔, 제주도 칼호텔까지 비행기를 타고 도박하러 다녔지 뭔가."

그래도, 살아갑니다

아내가 먼저 홀연히 세상을 떠난 뒤였다. 유학을 마치고 돌아온 두 남매마저 등을 돌리자 김상룡 씨는 차마 갈 곳이 없었다. 카지노 도박에 빠져 빈털터리 신세였다.

"딸한테는 입이 열 개라도 할 말이 없구먼. 한 번은 딸이 넣고 있는 아파트 분양금(8,000만 원)을 몰래 가로챘고, 또 한 번은 안양에서 아파트 경비원으로 일할 때 전세방 얻으라고 준 돈(3,000만 원)을 챙겨 고한으로 떠나왔지 뭔가."

오후에 만난 김상룡 씨는 고한역 건너편 비좁은 여관방에서 혼자 지내고 있었다. 2년 전 카지노 출입제한 영구 신청을 했다는 그의 생활이 궁금했다.

"기초노령연금과 한국도박문제관리센터(정선군 분소)에서 주는 40만 원으로 근근이 생활하고 있네. 센터에서 하루 세 시간씩 쉼터 돌보미를 하고 있는데 고맙지, 뭐."

"센터를 찾는 사람들은 어떤가요? 정말 치료가 가능한가요?"

"어렵다고 봐야겠지. 알코올 중독보다 더 무서운 게 도박 중독일 테니까. 모르긴 해도 죽어야 끝나지 않을까 싶네."

카지노 출입제한 영구 신청을 하기 전이었다. 김상룡 씨의 머릿속은 온통 자살 생각뿐이었다. 카지노 좌석을 파는 일도, 투 핸드, 스리 핸드도 더는 부끄러워 손을 내밀 수가 없었다. 나이가 들수록 자신의 모습이 추해 보였다. 더욱 화가 나는 건 딜러와 자신의 처지였다.

"딜러는 손님으로부터 팁을 받아도 되고, 나는 왜 손님이 주는 개평마저 감시를 당해야 하는지 그 점을 이해할 수 없었네. 내 수중에 만 원만 있어도 카지노 고객이란 말이지."

"모든 사람은 카드 앞에서 평등하지만 게임(도박)은 사람을 존중하지 않는다"고 설파한 니콜라이 고골리(우크라이나 출신의 러시아 소설가)의 충고는 옳았던 것일까. 고한 읍내에서 장사하는 상인들의 시선은 카지노 객장보다 더 싸늘했다.

"도박꾼들을 상대로 벌어먹고 살면서도 그 겉과 속이 전혀 다르다고 할까. 식당에 밥 먹으러 가면 찬그릇을 툭툭 던지는 건 예사고, 한 번도 손님으로 대하는 걸 보지 못했네."

무려 30년 만에 도박판에서 발을 뺀 김상룡 씨는 극심한 불면과 불안감에 시달려야 했다. 주기적으로 찾아오는 도박 후유증은 파킨슨 증후군처럼 손떨림 현상으로 지속되었다. 고한에서 만난 H교회 목사의 고백은 더 큰 충격을 안겨 주었다. 도박 중독자들의 고통을 체험한다며 카지노에서 일주일 남짓 도박을 경험한 뒤였다. 곧이어 찾아온 공황장애로 식음을 전폐하는 일까지 벌어졌다.

"스스로 지은 죄가 너무 커 남을 탓할 수야 없지만, 그래도 이 말은 꼭 하고 싶구먼. 복권만 유지한 채 나머지 도박 사업은 정리를 했으면 좋겠다는. 하나같이 국가가 벌인 사업이니 수습 또한 어렵지만은 않을 거라고 보네. 세상 어디에도 건전한 도박은 없을 테니……."

팔순을 바라보는 김상룡 씨는 머잖아 고한을 떠날 거라는 뜻을 내비쳤다. 다음 행선지도 이미 정해 놓은 듯했다. 아무도 없는

그래도, 살아갑니다

산속으로 들어가 조용히 숨을 놓고 싶다고 했다.

○
○
○

건강한 적자, 착한 적자

세 번째 이야기

○　　○　　○

1910년 9월, 자혜의원으로 개원한 진주의료원이 2013년 5월 마침내 폐원했다. 경상남도에 새 도지사가 취임한 지 꼭 65일 만이었다.

홍준표 전 도지사가 밝힌 진주의료원 폐업 이유는 장기간 누적된 적자 운영이었다. 그러나 '공공 의료 정상화를 위한 국정조사 보고서(2013. 7.)'를 살펴보면 상황은 달라진다. 전국 34개 지방 의료원 중 적자를 기록하지 않은 공공 의료원은 단 한 곳도 없으며, 서울, 부산, 군산의 경우 진주의료원(279억 원)보다 부채가 더 많았다. 더욱이 진주의료원은 2008년 신축, 이전에 따라 발생한 부채(136억 원)를 감안한다면, 여타 의료원과 비교해 누적 부채가 결코 많지 않다는 게 국정조사 특별위원회의 의견이다.

공공 의료원은 민간 병원과 다르다

2001년 입사한 오주현 씨는 진주의료원 폐원 때까지 줄곧 원무과에서 일했다. 하여 그는 환자들의 처지를 누구보다 아주 잘 알고 있었다.

"병원의 수납 업무를 담당하는 곳이 원무과잖습니까. 10여 년 넘게 그 일을 하면서 배운 것도 많죠. 그중 하나를 꼽으라면 공공 의료원과 민간 병원은 출발부터 다르다는 겁니다. 진주의료원을 찾는 환자의 경우 연령대가 상당히 높은 편인데, 보험 환자보다는 기초생활수급자가 더 많다고 보면 됩니다. 폐원 전까지 병상이 장기 입원 환자로 넘쳐 났으니까요."

수익성에서 보면 진주의료원은 민간 병원을 절대 따라갈 수 없는 구조였다. 부유한 사람들은 스스로를 돌볼 수 있지만 가난한 사람들은 경우가 다른, 닥터 노먼 베쑨(Norman Bethune)의 말처럼 돈이 안 되는 환자들만 모인 셈이었다.

"병실 물갈이(수익성) 차원에서 진주의료원도 '20일 입원에 7일간 퇴원' 원칙을 지키는 게 맞습니다. 그렇지만 그게 말처럼 쉬운 일이어야 말이죠. 도청의 지침대로 의료원에 입원 중인 환자를 강제 퇴원시킨다면 그들은 어디로 가죠? 원무과 업무 중에서 바로 그 점이 늘 난제였어요. 강제 퇴원은 곧 빈궁한 환자들에게 죽으라는 소리처럼 들릴 수도 있단 말이죠."

주현 씨의 하소연에 세계보건기구 창립 헌장 서문이 머리를 스쳐 갔다.

'인종, 종교, 정치적 신념, 경제적 혹은 사회적 조건에 따른 차별 없이 최상의 건강 수준을 유지하는 것이 인간이 누려야 할 기본

권의 하나이다.'

물론 우리나라도 1946년 창립된 세계보건기구 가입국이다.

"도청에서 미수금 관리를 철저히 하라며 다그치기에 환자의 가정을 직접 방문한 적이 있어요. 그런데 한숨이 먼저 나오더군요. 환자의 처지를 눈으로 보는 순간 미수금 이야기는 꺼내지도 못했습니다. 미수금 42만 원을 받으러 갔다 하루 벌어 하루를 살아가는 안타까운 현실만 보고 온 셈이죠. 사는 게 정말 너무 힘들어 보였습니다."

2008년 2월 진주의료원이 초전동 월아산 자락으로 이전할 무렵이었다. 주현 씨는 마음 한구석이 영 찜찜했다. 의료원 주변이 온통 논밭뿐인 데다 시내버스 노선마저 없었다.

"원무과 입장에서 보면 불안할 수밖에요. 신축한 의료원 장소가 너무 외져 환자들 접근성이 제로(zero)에 가까웠단 말이죠. 호스피스 병동은 그보다 더 위험해 보였고요."

공공 의료에서 응급실과 호스피스 병동은 꼭 필요한 사항이긴 하다. 손실이 크다는 이유로 민간 병원들이 선뜻 나서길 꺼리기 때문이다.

주현 씨의 염려는 곧 현실로 나타났다. 적자 운영이 계속되면서 의료원 내부가 술렁였다.

"임금 동결, 연차 반납, 토요일 무급 근무 등 할 수 있는 건 다 해 봤어요. 그런데도 나아지는 기미가 보여야 말이죠. 결국 의사들이 먼저 병원을 떠나면서 자구책도 무용지물이 되고 만 겁니다. 주말 근무는 어렵겠다며 떠나는 의사를 우린들 무슨 수로 잡을 수 있겠습니까."

나 같았으면 그 200억으로

진주의료원이 초전동으로 자리를 옮긴 2008부터 2010년까지, 원장으로 재직한 김양수 씨를 찾아갔다. 오전 진료를 마친 그는 의료계 발전에 헌신한 부친 이야기를 들려주었다.

"부친께서 진주의료원 내과 과장으로 재직했었네. 그 영향으로 나 또한 지역 의료 봉사에 마음을 두었던 게 사실이고. 부친께서 재직하던 1960년대만 해도 의료원에 간호기술고등학교를 설립해 졸업생들이 파독(派獨) 간호사로 제법 많이 나갔거든. 한데 막상 일을 해 보니 의료원 원장 자리마저 정치하는 사람들의 보은인사로 활용되지 않겠나. 원장이 무시로 바뀐 것도 그 점이 컸네. 새로 선출된 도지사마다 서로 자기 사람을 앉히려 하니 병원 분위기가 뒤숭숭할 수밖에……."

의료원 재직 당시 김양수 씨에게도 유사한 일이 벌어졌다. 원장 임기(3년)가 아직 남은 상태에서 나가 달라는 소리를 전해 들은 김양수 씨는 웃음밖에 나오지 않았다. 정치하는 사람들의 수준이 너무 한심스러워 보였다. 참다못한 김양수 씨는 기자회견으로 맞불을 놓았다. 낙하산 인사의 문제점을 더 이상 두고 볼 수 없었다.

"공공 의료에 수익성 잣대만 들이댄다면 단연코 반대일세. 진주의료원만 놓고 보너라도 그동안의 누석 석자가 쌓여 그렇지, 문까지 닫을 정도는 아니었단 말이지. 물론 나야 직원들 임금체불 문제 해결이 급선무이긴 했네. 임금이 벌써 6개월째 체불되고 있으니 어찌 원장 마음이라고 편할 수 있겠나. 그들도 나처럼 월급 받아 생활하는 사람들이 아닌가? 그리고 이건 내 입장을 밝히는 것이니 오해 없길 바라네. 도(道)에서 폐업 이유로 제시한 '강성 노조' 문제인데 신빙성이 떨어진다고 보네. 서울에 사무실을 둔 전국보건노조라면 또 모르겠지만 진주의료원 노조는 어수룩할 정도였단 말이지. 무얼 몰라서 정치적 논리에 당한 것이지, 그 이상도 이하도 아니었네."

그러면서 김양수 씨는 서둘러 폐업한 진주의료원에 대해 진한 아쉬움을 토로했다.

"일개 민간 병원도 개원하면 최하 3~4년은 지켜보는 게 순서네. 하물며 직원을 232명이나 둔 진주의료원은 어떠했나. 모름지기 10년은 지켜봤어야 할 병원을 고작 5년 만에 폐업시키는 데만 몰두하지 않았느냔 말일세. 그것도 모자라 폐업한 의료원을 절대(경남도청) 서부청사로 사용하지 않겠다던 약속마저 저버린 채 아까운 건물을 때려 부수고……. 나 같았으면 서부청사 리모델링 비용으로 들어간 그 200억 원으로 의료원 빚부터 갚았을 것이네. 아쉬운 대로 그때 200억만 밀어 넣었어도 진주의료원은 재생 가능성이 무척 높았단 말이지."

그래도, 살아갑니다

할 말은 많지만 절제하려는 표정이 역력했다. 회한에 잠긴 목소리로 잠시 숨을 고른 김양수 씨가 마산의료원을 그 예로 들었다.

"한때 마산의료원도 재정난으로 문을 닫았다 다시 개원한 적 있는데, 그게 늘 가슴에 가시처럼 남아 있지 뭔가. 2015년에 발생한 메르스 사태를 한번 보게. 38명의 목숨을 앗아간 메르스 사태를 지켜보면서 전 국민이 공공 의료의 중요성을 절실히 깨닫고 느끼지 않았나. 전국에 분포된 34개 지방 의료원들이 수익을 낼 수 있는 구조라면 그보다 좋은 해결책도 없겠지만, 공공 의료는 탁상공론으로 해결될 문제가 아니란 말일세. 혹시 자네, 건강한 적자와

착한 적자라는 말 들어 봤나? 이 둘을 양손에 쥔 게 바로 공공 의료의 현실이네. 100세 시대에 정부만 바라보고 있는 고령 세대를 어찌할 것인가? 중년에서 노년으로 급속히 변해 가는 국가의 미래를 위해서라도 당장의 수익성보다는 좀 더 멀리 보자는 뜻이네."

공정해지려면 사사로움을 버려야 하고, 가까운 곳을 제대로 보려면 멀리서 들려오는 소리에 귀를 기울일 줄 아는 읍참마속(泣斬馬謖). 여의도 의사당에서 쏟아져 나오는 말, 말, 말들이 한 줄로 정리가 되었다.

간호사들이 무슨 죄가 있죠

2001년 입사한 전정화 씨의 눈에 비친 진주의료원은 실망 그 자체였다. 노후한 건물에 그늘이 깊은 환자들, 어느 한 곳 밝은 구석을 찾아볼 수 없었다.

"하필이면 첫 근무지가 응급실이었는데, 노숙자와 행려 환자들이 많았어요. 병원에서 사망하면 영안실로 옮겨질 무연고자도 여럿이었고요."

진주의료원은 그처럼 정화 씨가 꿈꿔 온 병원은 아니었다. 더 큰 도시로 떠난 간호학과 동기들이 부러울 따름이었다.

"간호사한테도 왜, 긍지라는 게 있잖아요. 그 꿈이 서서히 이뤄진 게 2008년 2월이었네요. 의료원이 새 건물로 옮겨 가면서 응급의학과가 개설되었지 뭐예요. 생각도 달라지고 점차 배우는 것도 많아지더군요. 우울해 보였던 병원도 제법 활기가 넘쳤고요."

그러나 아쉽게도 그 기간은 두 해에 불과했다. 임금체불에 수익성 논란이 끊이지 않자 정화 씨는 머리가 지끈거렸다.

"페이 닥터(일반 의사) 문제가 크긴 컸죠. 페이 닥터들이 수시로 바뀌면서 내원하는 환자 수도 눈에 띄게 줄었으니까요. 만성질환 환자일수록 담당의(擔當醫) 의존도가 높을 수밖에 없단 말이죠. 그리고 이 점은 의료원 원장이 경영자 출신이냐 의사 출신이냐에 따라 차이를 보이긴 해요. 수익성만 따지는 경영자 출신일 경우 의사 구하기가 얼마나 어려운데요. 의료계 쪽에 인맥이 없으면 초빙을 하더라도 돈을 더 쓸 수밖에 없는 구조란 말이죠."

골치 아픈 건 공중보건의도 마찬가지였다. 정화 씨가 지켜본 공중보건의는 마지못해 시간 때우러 온 것 같았다.

"그래도 엄연한 군복무(공중보건의는 병역 의무 대신 3년 동안 무의촌에서 진료 활동을 한다)인데 심하긴 했어요. 환자 수술 들어오면 뭐라는 줄 아세요? 수술은 돈 많이 받는 페이 닥터한테 넘기라며 거드름을 피우지 않겠어요. 벌써부터 인간의 생명을 돈으로 환산하는 걸 보고 한심하다는 생각이 들었죠. 페이 닥터가 먼저냐, 죽어 가는 환자가 먼저냐? 다른 곳도 아니고 병원에서 이런 질문을 한다는 것 자체가 우습지 않나요?"

기다렸다는 듯이 병원에 폐업 소식이 들려왔다. 한 직장에서 10여 년째 근무하고 있는 정화 씨는 맥이 탁 풀려 버렸다.

"가족끼리도 문제가 생기면 서로 대화로 풀어 보려 노력하잖

그래도, 살아갑니다

아요. 그런데도 경상남도를 책임지고 있는 도지사라는 분은 병원에 얼굴 한 번 비치지 않은 채 폐업만 들먹여 대니……. 간호사들이 무슨 죄가 있나요? 우리도 의료원 살려 보려고 주말 무급 근무에 연차까지 반납하면서 할 만큼 했단 말이에요."

퇴근길 커피숍에서 만난 정화 씨가 끝내 눈물을 훔쳤다. 2013년 폐업 때를 생각하면 가슴이 미어진다고 했다.

"꼬박 12년을 다닌 직장에서 반강제로 쫓겨났으니 심정이 어땠겠어요. 하루하루가 견딜 수 없을 만큼 허무하더군요. 우울증까지 찾아오고요. 3교대 근무하느라 소홀했던 가족들에게 빚을 갚는 심정으로 1년을 더 버텼죠. 의료원이 다시 문을 열 수도 있다는 희망을 안고서 말이죠."

그랬던 정화 씨가 간호사 가운을 다시 입은 건 2015년 3월이었다. 초등학교 4학년에 재학 중인 딸한테만큼은 엄마의 자리와 엄마의 당당한 모습을 꼭 보여 주고 싶었다.

"개인 병원에서 일하려니 그동안 쌓은 경력이 제일 아쉽긴 했어요. 신규 말고는 취업이 정말 어렵더라고요. 그렇지만 진주의료원 폐업 때 사직서를 거부한 건 참 잘했다고 생각해요. 윗선의 강요로 사직서를 쓴다는 건 불의를 인정한다는 뜻이었으니까요. 딸한테는 이렇게 말해 주고 싶어요. 사직서를 못 쓴 게 아니라, 안 썼다고 말이죠. 혹시라도 딸이 불의와 타협하며 사는 걸 원치 않거든요."

정화 씨를 닮은 사람을 또 만난 건 우연이었을까. 정화 씨가 간호사의 긍지를 들려주었다면 김혜린 씨는 사명감이 돋보였다. 경상남도 도청에서 두 차례에 걸쳐 퇴직 희망 신청을 받을 때도 혜린 씨는 묵묵히 병원에 남아 있었다.

"어떻게 간호사가 환자를 병원에 둔 채 먼저 떠날 수 있죠? 전 학교에서 그렇게 배우지 않았네요. 폐업 당시 환자들이 아직 병실에 남아 있었고, 저는 그 환자들을 마지막까지 돌봐야 할 간호사란 말이에요."

의료원에 남아 장기 입원 환자들을 돌볼 때였다. 도청 의료과라며 전화가 걸려 왔다. 부산에 있는 요양병원을 알아봐 주겠다는 말에 혜린 씨는 그만 웃고 말았다. 희망 퇴직자 중 대부분이 외지로 떠났다는 걸 이미 알고 있었다.

"유복한 가정에서 공부한 간호사가 과연 몇이나 될까요? 진주의료원이 폐원했을 때 저도 다섯 살 된 딸이 있었단 말이죠. 그런 제가 부산을 갈 수 있겠습니까, 마산을 갈 수 있겠습니까."

더욱 화가 난 건 언론에서 떠들어 대는 간호사 연봉이었다. 3,000만 원이라는 수치가 어디서 나왔는지 알 수 없으나, 그때마다 혜린 씨는 허탈해 견딜 수가 없었다.

"간호사 8년에 3교대 근무, 대학병원 급여의 절반도 못 받고 일했다면 믿으시겠어요? 미래를 보고 다녔지 돈 보고 다닌 직장이 아니었단 말이에요. 자, 한번 보세요. 진주의료원에서 받은 급여명세서니 어느 쪽이 거짓이고 어느 쪽이 참인지, 금세 알 수 있을 겁니다."

　　　　　그래도, 살아갑니다

울먹이는 목소리로 혜린 씨가 급여명세서를 꺼내 보였다. 8급 5호봉을 받았던 혜린 씨의 급여는 야간수당을 합해 200만 원이 채 못 되었다.

"이제 아시겠어요? 제가 왜 사직서 제출을 거부했는지! 의료원에 입사하면 준공무원 대우를 받는다고 해서 그거 하나 믿고 참아 왔단 말이에요. 간호학과 동기들이 연봉 3,500만 원을 받을 때 절반에도 못 미치는 1,700만 원을 받으면서 말이죠. 지방을 전혀 모르는 서울의 언론들이 참 원망스러웠어요. 어떻게 물어보지도 않고 함부로 기사를 쓸 수 있죠?"

급여명세서를 손가방에 넣던 혜린 씨가 눈물을 훔쳤다. 그리고 잠시, 무거운 침묵이 흘렀다.

"저도 엄마가 되면서 알았어요. 한 알의 진실을 지키는 일이 얼마나 소중한 씨앗인지. 자라는 딸을 위해서라도 거짓으로 진실을 덮으려는 사람들과 끝까지 싸울 거예요. 오늘보다 내일이 더 공정해야 그게 희망이고 좋은 세상이잖아요."

다 식은 커피를 한 모금 마신 뒤였다. 강한 눈빛으로 세상의 진실을 이야기하는 혜린 씨에게 병실에서 쫓겨난 환자들의 근황을 물었다.

"사천시로 많이 갔어요. 의료원이 폐업하면서 진주에는 마땅히 갈 만한 병원이 없었어요. 생활이 어려운 영세민 환자들이 마지막까지 남았거든요."

오후 3시, 서둘러 사천행 버스에 올랐다.

2013년 폐원 당시 진주의료원 입원 환자 수는 203명. 혜린 씨의 말대로 그들은 사천에서 병원비가 제일 싼 모 병원에 입원해 있었다.

"가족들마저 병들었다고 등을 돌리니 어쩌겠나. 진주의료원에서 울며불며 버틴 것도 그 때문이었네. 돌아갈 집이 있길 하나, 반겨 줄 가족이 있길 하나……. 장기 입원 환자 중 팔 할이 무연고자나 다름없단 말이지. 고아나 사생아들처럼 말일세."

이갑상 씨의 첫마디에 마음이 울컥했다. 만성 폐질환을 앓고 있는 그는 이른바 돈 안 되는 장기 입원 환자였다. 그런 그가 거친 숨을 몰아쉬며 진주의료원에 입원 중일 때를 들려주었다.

"간병인을 따로 둘 수 없는 처지라 간호사들이 정말 고생 많았어. 똥 싼 속옷까지 빨아 수발해 준 게 진주의료원 간호사들이었단 말이지. 가족들마저 버린 나를 아버지라고 불러 주었으니 얼마나 고마웠겠나. 몸은 비록 병들었어도 마음만은 따뜻했네."

병원 생활만 20년째, 요즘도 하루 한 벌씩 속옷을 적신다는 이갑상 씨의 표정이 갈수록 어두워졌다.

"나 같은 환자를 대학병원이 받아 주겠나, 일반병원이 받아 주겠나. 나이 들어 병든 게 서럽지 뭐. 진주의료원을 떠날 때도 어떻게든 고향에 남고 싶었지만 수중에 돈이 있어야 말이지. 그래 의료원이 문 닫으면서 부표처럼 여기까지 떠밀려 온 거네. 세상에서 가장 슬픈 환자복을 입고 말일세."

어느덧 팔순으로 접어든 이갑상 씨의 병실에서 나오자 겨울 바람이 세차게 몰아쳤다. '인간은 누구나 태어날 때부터 건강을 향유할 권리가 있으며, 국가와 사회는 그 권리를 보장할 의무가 있다'는 세계인권선언은 과연 유용한 것일까? 전주의료원을 떠나온 뒤로 몸과 마음이 다 아프다는 이갑상 씨의 말에 닥터 노먼 베쑨이 다시 떠올랐다. 1936년 7월 캐나다 몬트리올에서 그는 세계 의료계를 향해 이렇게 외쳤다. '지금 우리의 의료 사업은 사치성 장사와 다를 바 없습니다. 우리는 지금 빵을 팔면서 보석의 값을 받고 있습니다. 우리 국민의 반이 가난으로 빵값을 지불할 수 없기 때문에 굶어 죽고 있는 것이나 다름없습니다.'

○
○
○

한국에서
살고 싶어요

네
번
째
이
야
기

○　○　○

경기도 안산시 원곡동에 위치한 다문화 주민센터 별관 건물로 들어설 때였다. 10여 명의 초등학생들이 춤 연습을 하고 있었다. 김사샤(러시아), 김베로니카(우크라이나), 박아리아(사할린), 최나딸리아(우즈베키스탄), 문알렉세이(카자흐스탄)……. 모두 고려인들이다.

　우즈베키스탄에서 왔다는 박알렉스와 잠깐 이야기를 나눴다.

　"알렉스는 한국에 언제 왔어요?"

　"(손가락 세 개를 펴 보이며) 3학년 때요."

　"알렉스 반에도 고려인 학생들이 많아요?"

　"네. 많아요. 한국 학생은 11명, 고려인 학생은 10명이에요. 그렇지만 더 생겨날지 몰라요."

　"그건 왜죠?"

　"저처럼 끼어들(편입) 수도 있어요."

　아직은 우리말이 서툴었지만, 알렉스의 표정은 밝고 힘차 보였다.

오후 6시경 주민센터를 나와 찾아간 곳은 고려인들이 운집해 있는 '땟골삼거리'였다. 2009년 다문화특구로 지정된 원곡동 일대는 우리말보다 러시아어가 더 자연스러워 보였다.

우리말을 배울 곳이 없었소

임이고르 씨는 고려인 2세다. 그가 한국을 찾은 건 2003년 가을이었다. 관광비자로 입국한 이고르 씨는 세라믹 제조공장에 입사했다.

"불법체류 신분이라 조심스럽긴 했어요. 붙잡히면 다시 우즈베키스탄으로 돌아가야 했으니까요."

한국에서 네 해를 보낸 이고르 씨는 우즈베키스탄에 남은 아내를 한국으로 불러들였다. 가족이 그리웠고, 가족과 함께 살고 싶었다.

"이고르 씨 아내도 관광비자로 한국에 들어왔나요?"

"노무현 대통령 덕을 본 거죠. 고려인에게도 활로를 열어 주신 분이잖아요. 동포에 대한 애정이 각별하셨고요."

회사가 쉬는 날이었다. 휴일을 맞아 아내가 땟골에 한번 가 보자며 남편의 손을 잡아끌었다.

"우리가 일했던 경기도 광주에는 고려인이 없어 아내가 무척 외로워했었소."

이고르 씨 부부가 거처를 지금의 땟골로 옮긴 건 광주에서 두

해를 더 보낸 뒤였다. 우즈베키스탄에서 살 때도 느낀 거지만 고려인들에게 학교는 매우 중요한 장소 중 하나였다. 학교를 중심으로 고려인 공동체가 형성된 것이다.

"땟골도 우즈베키스탄과 비슷하지 않겠소. 고려인 학생들이 초등학교에 들어가면서 한국에 흩어져 살던 고려인들이 하나둘 땟골로 모여들기 시작한 거요."

하지만 일은 간단치 않았다. 학교에 가기 싫다는 몇몇 학생들로부터 이야기를 전해 들은 이고르 씨는 부아가 치밀었다.

"글쎄 한국 선생이, 젖가슴 나오기 시작한 학생들한테 한국어도 모르면서 학교엔 왜 왔느냐며, 욕하고 때렸다지 뭐요. 어찌나

그래도, 살아갑니다

화가 나던지 고려인 부모들과 학교로 몰려갔소. 한국의 학생들도 외국으로 건너가 공부를 하잖소. 그런 학생들에게 말도 제대로 못한다며 상처를 주면 좋겠소? 학교는 배우러 가는 곳이지 다 아는 걸 복습하러 가는 곳은 아니잖소."

초등학교 교장과 장시간에 걸쳐 면담을 마친 이고르 씨는 자신의 유년 시절이 떠올랐다. 우즈베키스탄에서 이고르 씨는 한글을 배우고 싶어도 배울 수가 없었다. 타슈켄트(우즈베키스탄 수도)에 있는 고려인 학교를 제외하면 모두 러시아 학교뿐이었다.

"우즈베키스탄 러시아 학교에도 고려인 출신의 선생들이 있었소. 그런데 어느 날 선생이 고려인 학생들만 따로 불러 이리 말하지 않겠소. 너희들에게 우리말과 글을 가르치고 싶어도 그럴 만한 처지가 못 된다고 말이오. 공산주의 체제에서 우리말을 가르치다 들키는 날엔 선생도 학생도 모두 학교에서 쫓겨난단 말이오. 이제 알겠소, 고려인들이 왜 우리말을 잊게 됐는지? 잊고 싶어서 잊은 게 아니라 배울 곳이 없었소."

이고르 씨에게 학교생활은 커다란 상처이자 한으로 남았다. 일본과 중국에서 살아가는 동포들은 한인 학교도 제법 많고, 우리말도 마음껏 할 수 있지만 고려인들은 그마저도 어려웠다. 고려인 1세대가 세상을 뜨면서 2, 3세대는 차츰 눈뜬 벙어리가 되어 갔다.

"내 지금도 똑똑히 기억하고 있소. 고려인 선생님이 러시아 학교를 떠나는 날 너무 귀한 말을 해 주지 않겠소. 다른 건 다 잊어도 좋으니 우리말로 인사하는 것만 꼭 기억해 두라는. 2003년 한국을 처음 방문했을 때 눈물이 나려고 했소. '안녕하세요.' '반갑습니다.' '나는 고려인입니다.' 공항에서 우리말로 인사를 할 수 있었던 것도 다 그 선생님 덕이었단 말이오."

낮은 출산율로 폐교 직전에 놓인 안산의 선일초등학교를 되살려 놓은 것도 다름 아닌 고려인들이었다. 물론 학교 측에서 고려인 학생들을 받지 않겠다며 반대의 목소리가 심했다. 그때마다 고려인들도 수시로 학교를 찾아가 읍소를 멈추지 않았다. 중앙아시아에 흩어져 사는 고려인들이 불법체류를 무릅쓰고 한국을 선택한 가장 큰 목적이 바로 자녀들 교육 때문이었던 것이다.

"다른 외국인 노동자들처럼 적당히 벌어 한국을 떠날 생각이었다면 굳이 자녀들까지 데려올 필요가 있었겠소. 만나 보시면 알겠지만 돈에 눈멀어 한국을 찾아온 고려인은 많지 않을 거요. 우린 한국에 살러 왔단 말이오."

그러면서 이고르 씨는 한국에 살면서 지켜본 서운한 점도 내비쳤다. 3·1절과 광복절 특집극이다. 고려인 항일운동(얼마 전 개봉한 영화《봉오동 전투》를 승리로 이끈 홍범도 장군이 카자흐스탄 크즐오르다에 묻혀 있다)에 대해 특집방송까지 하면서 고려인들을 외국인 노동자 취급하는 게 못마땅하다고 했다. 고려인을 다룬 특집극에서 분명 '한민족'이라는 표현을 썼다는 것이다.

"서로 말이 맞지 않다는 건 풀어야 할 과제가 아니겠소? 여기서 명심해야 할 것이 있소. 한민족의 문제를 장사꾼처럼 대응해선 안 된다는 것이오."

　　　　　그래도, 살아갑니다

이고르 씨가 말하려는 핵심은 고려인 4세였다. 재외동포법상 동포는 '조부모나 부모가 대한민국의 국적을 보유했다가 외국 국적을 보유한 자'로 정의돼 있어 고려인 4세부터는 외국인으로 분류된다. 다시 말하면 고려인 4세는 한국에서 초·중·고등학교를 다니다 성인이 되면 강제 출국해야 하는 상황이다. '엄마는 한국인, 나는 외국인'이라는 말이 나온 것도 그 때문이다.

"이유야 어찌 됐든 고려인들은 한국을 정말 고맙게 생각하고 있소. 한국이 먼저 우리를 불러 주었고, 고려인 아이들이 학교에서 우리말과 글로 수업을 받고 있으니 더 이상 바랄 게 뭐 있겠소. 나야 고려인으로 살다 고려인으로 죽어도 상관없소. 내 할아버지의 땅에서 아이들이 한국인으로 살아갈 수만 있다면 그것으로 족하오. 또 그렇게만 된다면 조상들이 조선 사람이었듯이 아이들이 그 뒤를 이어 가지 않겠소. 아시다시피 고려인들은 스탈린 강제 이주 정책(1937년)으로 너무 오랜 세월을 떠돌이처럼 살아왔단 말이오."

한국에서 15년을 살면서 뼈저리게 배운 것도 있다. 가장, 즉 아버지의 역할이다. 우즈베키스탄에서 이혼은 좀 우스꽝스러운 면이 없지 않았다.

"아내가 싫어지면 남편들이 어찌하는 줄 아시오? 도망치듯 슬그머니 집을 나가면 그걸로 끝이오. 동네에서 의원을 하셨던 내 아버지도 그런 분이셨는데, 우즈베키스탄에서는 새장가를 두 번이고 세 번이고 마음껏 갈 수 있소."

책에서 얼핏 본 적 있다. 여자 나이 마흔에 외손을 못 봤다면 인생을 헛살았을 만큼 고려인들은 철저한 '모계사회'라는. 이 점은 박단야 씨를 만나면서 더욱 확실해졌다.

돌아갈 곳이 없어요

"고려인들이 대체로 결혼을 빨리하는 편이에요. 여자는 열여덟 살, 남자는 스무 살을 전후해 하거든요. 나도 열여덟 살에 결혼해 아들 셋을 혼자 키웠는데 지금은 모두 한국에서 지내고 있어요."

카자흐스탄에서 출생한 단야 씨는 1998년 국적을 러시아로 바꿨다. 희망이 보이지 않는 카자흐스탄의 경제도 문제였지만 공산주의 체제도 걸림돌로 작용했다. 시장에서 장사를 하더라도 뜯기는 게 너무 많았다. 하루는 경찰이, 다음 날은 세무서에서, 그 다음 날은 깡패들이 다녀갔다.

"경찰관, 세무서 직원, 깡패가 삼종세트로 모였으니 무언들 못하겠어요. 말 그대로 무법천지에서 산 겁니다."

2006년 겨울, 카자흐스탄에서 4,277km를 날아온 단야 씨는 서울의 한 식당에서 일했다. 가장 큰 장벽은 언어였다. 식당 일이야 몸으로 견디면 그만이지만 언어는 곳곳이 지뢰밭이었다.

"처음엔 막막했어요. 손님들이 나이를 물을 때도 힘들었고요. 그걸 왜 묻는지 이해를 못했으니까요. 고려인들은 아시아권 문화보다 유럽 문화에 가깝단 말이죠. 카자흐스탄이나 러시아에서 상

그래도, 살아갑니다

대방의 나이를 묻는 건 극히 드문 일이기도 하고요."

급여도 신통치 않았다. 하루 10시간 노동에 85만 원이면 러시아에서 벌 때와 큰 차이가 없었다. 우수리스크에서 사진사로 일할 때 3,000루블(한화 약 6만 원)을 받았던 것이다.

식당 일을 그만둔 단야 씨는 경기도 안산으로 자리를 옮겨 화장품 용기를 생산하는 공장에 입사했다.

"한국인들도 해외에 코리아타운을 두고 있듯이, 고려인들에게 안산이 그런 곳입니다. 저도 안산으로 옮겨 온 뒤부터 좀 더 안정된 생활을 하게 됐으니까요. 조선 속담에 그런 말도 있잖아요. 자식들 입으로 음식 들어가는 걸 지켜볼 때 엄마는 행복감을 느낀다는. 열심히 일해서 받은 월급을 자식들한테 송금해 줄 때가 제일 행복했던 것 같아요. 200만 원을 받으면 생활비로 50만 원만 남겨두고 다 보냈거든요."

"50만 원이면 너무 적은 것 아닌가요? 다달이 들어가는 방세에 물가도 만만치 않고요."

"엄마니까 괜찮아요. 한국 엄마들도 안 입고 안 쓰는 것 잘하잖아요. 허리띠 졸라맨다는 말을 한국에 와서 배웠는데요, 뭐."

한국을 배우고 한국을 알아 가는 단야 씨는 지금의 시간들이 즐겁다고 했다. 그도 그럴 것이 한국에서 처음 시내버스를 탔을 때 좋지 못한 기억을 갖고 있었다.

"시내버스 요금을 몰라 5,000원짜리를 주었더니 기사분이 막 화부터 내지 뭐예요. 그때 만약 어떤 할아버지가 도와주지 않았다면 버스 바닥에 주저앉았을지도 몰라요. 너무 창피하고 당황스러운 나머지 정신이 하나도 없었거든요. 좌석에 앉아 있던 할아버지가 다가와 저를 구해 준 겁니다."

얼마 전부터 단야 씨는 고려인들을 위한 인터넷 카페를 만들고 있다. 공항에서 맞닥뜨리는 출·입국 수속을 비롯해 인력시장 찾기, 일자리, 셋방 구하기 등 고려인들이 한국에서 겪은 다양한 경험들을 모아 러시아어로 알려 주는 카페다.

"10년 전이나 지금이나 출·입국 관리소 직원들에 대한 평이 왜 그렇게 안 좋죠? 고려인이 한국말도 못한다며 무시하고, 짜증 내고, 반말하고……. 공항은 그 나라를 방문하는 사람들의 첫 관문이자 심사를 받는 곳이잖아요. 한국을 찾는 고려인들에게 그 길부터 안내하고자 카페를 만드는 중인데 쉽지는 않네요."

"한국어 때문인가요?"

"절반은 맞는 것 같아요. 나머지 절반은 영어 때문이고요. 한국은 왜 그렇게 영어를 많이 쓰죠. 유행어도 너무 빨리 바뀌고요."

단야 씨의 눈꼬리가 살짝 치켜 올라갔다. 한국의 속도를 따라가기가 너무 어지럽다고 했다.

"카자흐스탄을 마지막으로 다녀온 게 벌써 10년이 지났네요. 아버지 장례를 마치고 한국으로 돌아오던 날 묘소에서 이렇게 말씀드렸어요. 아버지 어머니, 세 아들과 한국에서 잘 살 테니 기다리시지 말라고요."

"그럼 카자흐스탄에는 이제 아무도 없나요?"

그래도, 살아갑니다

"부모님 돌아가시고 나서 러시아(우수리스크) 집도 정리해 버렸죠. 물론 그리울 때도 있어요. 명절 때가 되면 카자흐스탄에 묻혀 계시는 부모님이 아직은 보고 싶어요. 아버지 어머니 살아 계실 때 한국을 보여드리지 못한 게 많이 아쉽기도 하고요."

나중에 안 사실이지만 땟골은 단야 씨처럼 살던 곳을 떠나올 때 집을 정리한 고려인들이 의외로 많았다. 우즈베키스탄에서 왔다는 양로자 씨도, 사할린에서 왔다는 김알레리아 씨도 같은 입장이었다. 다만 그들은 머잖아 다가올 노후를 염려했다. 한국에서 생활하는 고려인 중 절반 이상이 방문취업 신분으로 이방인이나 다름없었다. 건강보험 문제는 어느 정도 해결이 됐지만 국민연금 가입은 여전히 미제로 남아 있다.

땟골삼거리 '너머'

공장 일을 마치고 돌아온 고려인들이 '너머(고려인동포 지원센터)' 지하실에서 한국어를 배우고 있었다. 고려인들은 '이분', '저분', '그분' 등 문법 부분에서 고개를 갸웃거렸다.

"이산(離散)에서 비롯된 이질감이랄까요. 고려인이 쓰는 우리말과 현대의 한국어가 다르잖아요."

고려인들에게 한국어를 가르치는 주승룡 씨가 계면쩍은 미소를 지었다. 협소한 지하실 환경도 마음에 걸렸다. 어느 소설에서 읽은 식민지 시절의 한 장면(일본어가 싫다는 학생들을 따로 모아 우리말을 가르치는)을 다시 보는 것 같았다. 하지만 고려인들은 피곤한 기색도 없이 생존을 위한 한국어 공부에 빠져들었다.

주승룡 씨가 진행하는 수업을 지켜본 뒤 1층 사무실로 올라가 김진영 부장과 마주 앉았다. 땟골삼거리(지곡로 6길)에 자리 잡은 '너머'는 저녁 9시가 훌쩍 지났음에도 사람들의 발길이 끊이지 않았다.

"늦은 시각인데도 상담이 많네요."

"일 마치고 돌아오는 사람들을 기다려야 합니다. 휴대전화를 개통하는 것부터 임금체불까지 일손이 턱없이 부족한 편이죠. 한국어를 모르니 어떡하겠어요. 누군가는 그들의 소통 창구 역할을 해야지 않을까요?"

한국에 체류 중인 고려인은 2016년 4만1,743명에서 2019년 5월 7만4,877명(법무부 통계)으로, 그중 1만7,000명이 땟골에 거주하고 있다. '너머'는 2011년에 문을 열었다.

"각 지역마다 주민센터가 있긴 하지만, 땟골의 경우 러시아어를 모른다면 일하기 곤란할 것 같아요. 한국어보다 러시아어를 더 많이 사용하는 곳이 땟골이니까요. 땟골도 처음엔 조선족들이 거주했다고 들었어요. 보증금 없이도 싼 가격대의 방을 구할 수 있으니 이만한 곳도 없었던 거죠. 그 자리를 지금은 고려인들이 채우고 있는 셈이고요."

아닌 게 아니라 땟골은 전혀 다른 공간에 와 있는 기분이 들게 했다. 시간이 지나면 지날수록 한국어가 오히려 낯설게 느껴졌다.

그래도, 살아갑니다

"고려인들과 상담을 해 보면 안타까울 때가 참 많아요. 뿌리를 내릴 만하면 강제 추방을 당했잖아요. 고려인 1세대가 러시아에서 중앙아시아로 강제 추방을 당했다면, 그다음 세대는 1990년대 사회주의가 붕괴하면서 갈 곳마저 잃어버렸다 할까요. 중앙아시아에서 소수민족 밀어내기가 노골화되자 몸을 피해 한국을 찾아온 거잖아요."

그래서 이런 말이 나돌고 있는지도 모른다. 고려인들은 150년째 광야를 떠돌고 있다는……. 〈애국가〉보다 〈아리랑〉을 먼저 익힌 고려인들은 여전히 마침표를 완성하지 못한 채였다.

"상담은 주로 어떤 내용들인가요?"

"현재는 임금체불 상담이 가장 많은 편이에요. 그보다 더 큰 해결책은 안전한 정착이고요. 고려인들을 상담해 보면 한국에 정착하려는 의지가 누구보다 강하다는 걸 느낄 수 있는데, 단순한 돈벌이 이주에서 벗어나 한국에 뿌리를 내리고 싶은 거죠."

주민센터 별관에서 춤 연습을 하는 고려인 학생들을 만나고 오는 길이었다. 안산 지역에 거주하는 고려인 대부분은 동반 입국 가정이 많다는 걸 알 수 있었다. 그 때문인지 고려인들에게 월세를 받아 생활하는 집주인 김정란 씨도, 마트를 하는 최호남 씨도, 인력소개소를 운영하는 임양배 씨도 '너머'에서 일하는 김진영 부장의 생각과 별반 다르지 않았다.

"우선은 한국 정부와 국민들의 인식 전환이 필요한 것 같아요. 고려인 동포를 외국인 노동자로 보거나 규정하지 않는 것입니다.

말 그대로 동포는 같은 어머니에서 태어난 형제자매를 일컫는 거
잖습니까."

내 이름은

각설이
_____

다섯번째 이야기

○　　○　　○

"내 얼굴 쪼매 봐 주이소. 가까이서 보이까네 행편없지예?"

구미역 건너편 지하 다방으로 들어섰을 때다. 인사를 나눈 그가 자신의 얼굴을 좀 봐 달라며 채근해 댔다. 두어 뼘 모자란 키에 훌렁 머리, 담배를 빼물 적에 드러난 몇 개 안 남은 치아, 그리고 보청기…… 암만 봐도 금오산 정상에서 데굴데굴 반나절쯤 굴러온 면상이었다. 얼굴을 덧씌운 주름살까지 합하면 그야말로 눈 뜨고는 도저히 봐 줄 수 없었다. 하지만 그의 표정은 매우 선하고 상냥했다.

청각장애 2급

"내는 분장을 안 해도 남들이 웃어 주는 얼굴이라예. 그라고 이거 이 다 못생긴 긴 덕이라예. 못생긴 덕에 각설이를 했다 아입니꺼."

주문한 커피를 마시며 잠시 숨을 돌린 뒤였다. 기다렸다는 듯이 그는 이야기를 타령조로 몰아갔다.

그래도, 살아갑니다

"잘생긴 각설이 봤능교? 잘생긴 사람은 절대 남을 못 웃낍니더. 내처럼 타고나야 한단 말입니더."

얼굴 타령만 벌써 몇 분째인가. 성형외과 의사들이 떼돈을 번다는 나라에서 자신의 못생김을 덕으로 알고 살아가는 사람이 있다는 게 신기로웠다. 그를 찬찬히, 다시 뜯어보았다. 비로소 그의 이목구비가 조목조목 눈에 들어왔다. 오귀스트 로댕이 인상파라면 그는 난장파였다. 어느 길목에선가 한 번 와장창 부서진, 이리 보고 저리 봐도 용팔이로 살아갈 팔자처럼 보였다.

"김상철로 산 건 20년째고예, 용팔이로 산 거는 25년째라예. 내가 원해 그란 게 아이고 그놈의 가난이 내를 용팔이로 다시 태어나게 했다, 이 말입니더."

딸 다섯에 아들 하나, 슬하에 육 남매를 둔 김상철 씨의 아버지는 술고래였다. 하루도 그냥 넘어가는 일이 없었다. 어떤 날은 대문 밖에 쓰러져 병원으로 실려 간 적도 있었다.

그런 아버지가 세상을 뜬 건 상철 씨가 초등학교를 졸업할 무렵이었다. 상철 씨의 가족은 칠곡군 약목읍에서 김천으로 이사를 했다.

"가난한 집은 식구가 너무 많아도 죄라예. 아버지 돌아가시고 열세 살 때부터 돈벌이를 했는데, 가장 만만한 게 신문 배달과 짱개(중화요리) 배달 아니었는교. 뼈마디가 쪼매 굵어지면서 우산과 신발을 수선하기도 했고예. 어머니가 자꾸만 기술을 배워야 한다고 해서 수선을 배운 기라예."

간경화로 사망한 아버지의 빈자리는 고스란히 남은 자녀들 몫이 되었다. 세상은 88서울올림픽을 개최한다며 들썩였지만 상철 씨는 섬유공장과 막노동판을 전전해야 했다.

"내 그때 사고를 당한 거라예. 섬유공장에서 2교대 근무를 마치고 집으로 돌아가는 길이었는데 뒤에서 달려온 자동차가 내 자전거를 덮친 거라예."

자정을 막 넘긴 새벽 1시경이었다. 응급차에 실려 병원으로 이송된 상철 씨는 청각장애 2급 판정을 받았다.

'이제 이 몸으로 무엇을 할 것인가?'

'나를 받아 주는 곳이나 있을까?'

어려운 처지에도 웃음을 잃지 않았던 상철 씨는 앞날이 막막했다. 꽃다운 스무 살 청춘이 어느 날 갑자기 폭삭 늙어 버린 것만 같았다. 청각장애 2급은 두 귀의 청각 손실이 각각 90~110dB(데시벨)로, 두 귀가 거의 들리지 않았을 때 받는 판정이다.

갑작스런 교통사고로 청각을 잃은 상철 씨는 서서히 웃음을 잃어 갔다. 한 번 시름에 잠기면 깊은 수렁 속으로 빠져들었다. 그런 어느 날이었다. 섬유공장 동료들이 상철 씨 집으로 찾아왔다.

"비좁은 방에 다섯 명이 빙 둘러앉아 라면을 맛있게 끓여 먹었다 아인교. 그란데 최하성이가 나이트클럽 이야기를 꺼내지 않겠어예."

옷 입는 센스가 남다른 최하성의 말에 상철 씨는 두 귀가 솔깃해졌다. 어쩌면 오늘 너의 귀(청각)를 실험할 아주 좋은 계기가 될

그래도, 살아갑니다

수도 있다지 않은가. 닫힌 공간에서 울려 퍼지는 나이트클럽 음악
소리는 데시벨이 매우 높았다.

성광나이트클럽

"인생이라는 거이 참 묘하데예. 나이트클럽 무대에 나타난 각설이
를 보는 순간 뿅 갔다 아입니꺼. 저깟 정도면 내도 거뜬히 할 것 같
다는 자신감이 생기더란 말입니더."

청각장애인으로 살아가는 상철 씨에게 각설이는 신비의 세계
였다. 텅 빈 방에 홀로 누워 있으면 무대 위에서 넉살을 부리는 각
설이가 어른거렸다. 밑져야 본전이라는 마음에 집을 나선 그는 사
흘이 멀다 하고 성광나이트클럽을 들락거렸다. 용케도 상철 씨를
지켜본 사람이 있었다.

"저녁 10시경이라예. 정신 나간 사람처럼 〈각설이타령〉을 구
경하는 내를 사무실로 부르지 않겠어예. 기회는 이때다 싶어 내도
나이트클럽 사장한테 앞뒤 가리지 않고 말했다 아입니꺼. 각설이
를 꼭 한번 해 보고 싶다고예."

반 시간여 지났을까. 공연을 마친 각설이가 사무실로 들어왔
다. 잔뜩 긴장을 한 상철 씨는 가슴이 철렁 내려앉았다. 자신을 얕
잡아 보는 듯한 각설이의 비웃음이 마음에 걸렸다.

"내를 본 각설이가 나이를 묻더니 시비조로 말을 걸지 않겠어
예. 네놈 쌍판도 만만치가 않다고예. 그란데 그다음 말이 참 좋았

어예. 나보다 열두 살이 많은 각설이가 글쎄, 진짜 한번 해 볼 거냐고 묻지 뭐예요."

먹잇감을 찾고 있던 상철 씨는 깍듯이 고개를 조아렸다. 각설이를 스승으로 모실 준비가 이미 되어 있었다.

"첫술에 배부를 수 없듯이 처음엔 누구나 가방모찌로 시작한다 아인교. 그렇지만 내는 하늘을 날 것처럼 기뻤다 아입니꺼."

마치 꿈을 꾸듯 두 주가 훌쩍 지나고 있었다. 각설이의 본성이 드러나자 상철 씨도 한 발짝 뒤로 물러섰다. 지금부터는 오른쪽 뺨을 때리면 왼쪽 뺨을 내밀 적당한 요령이 필요했다. 단풍이 들다가도 눈보라가 치는 게 세상 이치였다. 때리면 맞고, 넘어지면 다시 일어났다.

김천의 성광나이트클럽, 구미의 비룡관, 상주의 허심촌……. 용팔이로 이름이 바뀌면서 상철 씨의 일상도 순탄치만은 않았다. 세상에서 가장 상거지 꼴로 한바탕 공연을 하고 나면 나이트클럽을 찾은 취객들의 조소거리가 되곤 했다.

"반말은 양반이고예, 무대가 아닌 홀 바닥에서 춤을 춰 보라는 손님들도 많았어예. 처음엔 좀 망설였는데 방법이 없다 아인교. 손님들이 시키는 대로 하지 않았다간 쫓겨날 판이라예."

밤무대라는 바닥이 그랬다. 같은 무대에서 춤을 추는 댄서들은 손님을 상대로 얼마간 팁도 받아 냈지만 상철 씨는 웨이터보다 못했다. 무대 위에서 <각설이타령>을 할 때가 가장 즐겁고 행복했다.

그래도, 살아갑니다

떠돌이 생활을 하며 춤과 노래로 음식을 구걸하는, 걸인(乞人)에서 유래된 각설이는 몇 가지 설이 있다. 그중 불교의 탁발승이 시초라는 설과 나라를 잃은 백제의 유민들이 장터를 떠돌며 타령을 불렀다는 설이 널리 알려졌다. 그러나 최초의 흔적은 조선 후기(1875년) 신재효의 판소리 전집에 실린 <가루지기(변강쇠)타령>이다. 공화당 시절에는 '입으로 방귀를 뀐다'고 해서 '입방귀'로도 불렸으나, 극(劇)으로 자리를 잡은 건 1980년대였다. 연극연출가 김시라 씨가 전라남도 무안군 일로읍 장터에서 <품바>를 발표하면서 큰 인기를 끌었다. 전국에서 활동한 품바만 1,500명이 넘었다.

"각설이를 하면 세 가지 좋은 점이 있어예. 첫 번째가 거지는 망할 이유가 없다는 거고예, 두 번째는 밥 얻어묵을 걸통 하나면 되고예, 세 번째는 보증을 서 달라는 사람이 없다는 겁디다."

하지만 그 짓도 싫을 때가 있었다. 기획사 매니저들의 수탈은 20대 청년을 주저앉게 만들었다. 공연을 마치고 사무실로 달려간 날이었다. 나이트클럽 사장과 매니저가 함께 소파에 앉아 있었다. 공연료를 기대하고 달려간 상철 씨는 입도 뻥긋 못했다.

"매니저한테 미리 두 달짜리 전속계약금을 당겨 줬다는데 무슨 말을 할 수 있겠는교. 공연료를 달라고 했다간 영영 쫓겨난단 말입니다. 그런 일이 벌써 한두 번 아니었고예."

아는 놈이 더 무섭다고 했던가. 각설이를 하면서 상철 씨는 그 점을 뼈저리게 느끼고 있었다. 손님들이 부르지 않아도 테이블로 내려가 술을 따랐고, 온몸으로 홀 바닥을 기며 춤을 추었다. 체면 따위는 포기한 지 이미 오래였다. 매니저가 일방적으로 계약한 두 달을 버티려면 손님들이 던져 주는 팁을 개처럼 넙죽 받을 수밖에 없었다.

용팔이 각설이

각설이로 나선 지도 어느덧 여덟 해.

독립을 선언한 상철 씨는 반년도 채 지나지 않아 후유증에 시달렸다.

"내는 기는 놈인데 나는 놈들이 가만 안 있더라카이. 받아 주는 클럽도 없고예. 기래 어쩔 수 없이 각설이를 접고 방황을 했다 아인교. 그란데요, 그때 알았지 뭡니까. 각설이를 안 하니까네 신 내린 무당처럼 온몸이 아픈 거라예."

도심을 걷고 있는데 전파상에서 노래가 흘러나왔다. 순간, 상철 씨의 몸이 들썩였다. 건물 옥상으로 뛰어 올라간 그는 미친 듯이 춤을 추었다. 온몸이 축축하게 젖도록 춤을 추고 나자 그제야 길이 보이고 세상이 보였다.

김천으로 돌아온 상철 씨는 다시 무대에 섰다. 손님들의 반응도 예전과 달랐다. 한 달 계약이 두 달로 연장되었고, 상주에서는 무려 반년 동안 전속으로 출연한 적도 있었다.

"내 인생에서 최고의 전성기를 보냈다 할까예. 그것도 3년쯤 지나니까네 바람 빠진 풍선처럼 푹 꺼지는 거라예.”

1997년 12월, 한국 사회의 트라우마로 불리는 외환위기가 들이닥쳤다. 전국의 나이트클럽들이 문을 닫으면서 상철 씨도 각설이 무대를 떠나야 했다.

“이런 말 처음 하는데예, <한오백년>을 부르면 내가 먼저 아파예. 왜 그란지는 내도 잘 모르겠고예, 아파서 눈물이 나는 기라예.”

‘한 많은 이 세상 야속한 님아, 정을 두고 몸만 가니 눈물이 나네……’

<한오백년> 가사처럼 상철 씨는 요즘 비가 오거나 눈이 오면 괜히 슬퍼진다고 했다. 짝을 만난 친구들은 가정을 꾸려 살아가는데 돌아보니 자신만 혼자였던 것이다.

“용팔이로 살아온 25년 세월이 후회스러울 때도 많아예. 무대에서 입방귀를 뀌고 내려오면 너무 외롭다 아인교. 그런 날은 누군가 나를 한 번 꼭 안아 주면 좋겠어예.”

외환위기 이후 상철 씨에게도 변화가 생겼다. 회갑·경로잔치, 개업행사 등 주로 낮에 일을 한다. 벌이도 뚝 떨어졌다. 오전 11시부터 오후 6시까지 각설이 공연으로 받는 일당은 10만 원 선. 공연을 마치고 나면 옷이 흥건하게 젖고, 집으로 돌아가 자리에 누우면 삭신이 쑤셨다.

문제는 겨울나기다. 비수기(11~2월)에는 엿판을 들고 거리로 나서야 한다. 5만 원짜리 한 판을 다 팔면 2만 원이 남는데, 그

그래도, 살아갑니다

동안 모셨던 어머니를 울산에 사는 누이에게 보낼 수밖에 없었다.

"어머니를 모시지 못해 슬프긴 해예. 그렇지만 각설이는 웃음을 잃으면 시체라예. 슬퍼도 웃고 아파도 웃는 게 각설이라예."

매년 4월 충청북도 음성군에서 개최하는 품바 경연대회(상철 씨는 이 대회에서 2위를 했다)와 11월 전라남도 일로읍에서 열리는 대회를 빠트리지 않고 다녀오는 것도 그 때문이다. 몸뚱어리가 꿈틀거리는 한 이 바닥에서 끝장을 내겠다며 강한 의지를 보였다.

"요즘 개그는 너무 싱겁다 아인교. 텔레비전에서 개그맨들이 법석을 떠는데도 웃음이 나와야 말이지예. 땅딸이 이기동, 비실비실 배삼룡, 따발총 백남봉, 의뭉의뭉 구봉서 선생 얼굴만 떠오르지 뭐예요. 요즘 개그맨들은 구렁이가 담 넘어가는 익살이 부족해 그래예."

하나 더 자랑할 게 있다며 상철 씨가 말끝을 이었다.

"내는 각설이를 할 때 전라도 말만 해예. 경상도 말로 각설이를 하면 제맛이 안 나예. 아지매, 밥 무었는교? 얼마나 재미없는교. 이거보다는 아따 아짐씨, 얼굴 본께로 겁나게 반갑소야. 밥은 묵었소?"

여기에 감미료를 첨가해 "염병하고 자빠졌네." "지그들이 잘났으면 얼매나 잘났다고 지랄이여!" 하고 내뱉으면 절로 신이 난다고 했다. 경상도 말은 튜브에서 바람 빠지는 소리가 나는 반면 전라도 말은 쫀득쫀득 찰떡을 입에 넣었을 때처럼 척 달라붙는 맛이 나기 때문이다. 그러나 품바도 색이 바랜 지 오래다. 저잣거리에서 시작된 품바가 극장 안으로 들어가면서 본연의 맛을 잃어버렸다 할까. 연출과 조명 없이는 공연이 어려울 정도로 품바가 풍자와 해학을 상실한 게 사실이다.

"난타북이든 가위장단이든 촛불쇼든, 찌그러진 깡통에 숟가락 하나만 있으면 좋아예. 한 번 살다 가는 인생 용팔이면 어떻고 걸뱅이면 또 어떻겠어예. 각설이를 보고 웃어만 주믄 어디라도 좋아예. 헤헤, 그래야 내도 즐거우니까예."

현재 전국에서 활동하는 각설이는 100여 명, 김상철 씨도 그중 한 명이다.

내 웃음은 한이라예

왼손 손가락에 낀 상철 씨의 반지가 유난히 돋보였다. 사연을 묻자 상철 씨가 수줍은 표정을 지었다.

"내도 이제 각설이 바닥에서 고참 소리를 듣는다 아인교. 각시가 없더라도 있는 척해야 무시를 덜 당하지 않겠어예? 후배들한테 야코죽지 않으려고 큰맘 먹고 장만한 거라예."

날이 저물고 있었다. 저녁 식사를 마친 후 상철 씨가 사는 곳으로 자리를 옮겼다. 예닐곱 평쯤 되는 낡은 빌라에 도착해 사진부터 구경했다. 지하 다방에서 들려준 상철 씨의 지난 시절이 사진 속에 한 편의 파노라마처럼 펼쳐졌다.

베란다에 내놓은 공연 소품을 펼쳐 보이던 상철 씨가 한숨을 내쉬었다. 오십 줄로 접어든 나이가 걱정되는 모양이었다. 그러고 보니 각설이는 딱히 정해진 곳이 없었다. 누군가 불러 주면 어얼 씨구씨구 저얼 씨구씨구, 누더기 한 벌로 달려가는 간이정거장이 었다.

"제아무리 머리를 싸매고 고민해 봐도 답은 하나라예. 각설이 는 얼굴하고 몸짓에서 한(恨)이 느껴진다 아인교. 내도 마찬가지 라예. 어려서부터 맺힌 한을 풀어내고 싶어 난장바닥에서 걸뱅이 춤을 춘 기라요. 무당이 내림굿을 하는 것과 똑같아예."

그런데 요즘은 자신을 불러 주는 곳마저 가뭄에 콩 나듯 뜸하 다고 했다. 삐삐, 짱구, 초롱이 등 신세대 각설이들이 등장하면서 세대교체가 이뤄진 것이다.

"그동안 웃고 울면서 한바탕 잘 놀았다 아인교. 내는 그것으로 충분해예. 내일 아침 잠에서 깨나지 못한다 해도 후회 없고예."

상철 씨가 들려주는 숟가락장단을 끝으로 자리에서 일어나 기차역으로 향하는 길이었다. 천진난만한 표정에서 짙은 애환이 묻어나는, 그의 마지막 모습이 한동안 가시질 않았다. 누가 뭐래도 그는 낮은 자들의 한을 넉살 좋게 풀어낸 이 땅의 각설이였다.

2월,

나는 불안하다

여섯 번째 이야기

○　○　○

한국교육개발원에 따르면 2020년 1월 우리나라 전체 교원 수는 49만6,504명으로 파악됐다. 정규 교원은 44만1,965명, 기간제 교원은 5만4,539명이다. 특히 기간제 교사는 초등학교 9,024명(5%), 중학교 1만6,889명(18%), 고등학교는 2만2,058명(19.9%)으로 해마다 그 비율이 늘어나는 추세다. 사립의 경우 전체 교원 중 36%를 기간제 교사가 차지하는 학교도 있었다.

　전라남도 순천시와 광주광역시에서 근무하는 세 명의 기간제 교사를 만났다. 이들은 하나같이 자신의 신분을 감출 수밖에 없는 현실이 가슴 아프다며 어렵게 말문을 열었다.

맞아요, 스페어타이어

"임용고시를 준비할 때 어려움이 많았어요. 시기도 좋지 않았고요. 하필 시험이 객관식에서 서술형으로 바뀌었지 뭐예요."

　대학에서 중국어를 전공한 김혜원(가명) 씨는 교사 임용고시 준비 대신 학원으로 발길을 돌렸다. 누군가를 가르치는 일이 자신의 적성에 잘 맞는지, 그것부터 점검한 다음 진로를 결정할 생각이었다.

"제 발에 꼭 맞는 신발을 신었을 때처럼 즐겁고 신이 났다 할까요? 적성 테스트에서 새로운 자신을 발견한 겁니다."

기회가 찾아온 건 교육대학원을 졸업하던 2012년 3월이었다. 초등학교에서 방과후 수업으로 중국어를 가르친 혜원 씨는 또 한 번 놀라지 않을 수 없었다.

"학원과 학교는 정말 다르더군요. 학원이 가르치는 데 그쳤다면 학교는 책임감을 안겨 주었죠. 난생처음 모성애라는 걸 경험하게 되었고요. 중국어 강사로 들어간 학교에서 학생들이 내 자식처럼 보이지 않았겠습니까."

그로부터 2년 뒤, 순천의 한 중학교로 자리를 옮긴 혜원 씨는 왠지 모를 찬바람이 느껴졌다. 초등학교와 중학교 분위기는 전혀 딴판이었다. 더욱이 교직을 갈망하는 열정만 앞설 뿐 정작 기간제 교사에 대해 아는 게 별로 없었다. 정규직 교사가 특별한 사유(육아휴직, 해외유학, 병가)로 자리를 비울 때 해당 인력을 보충하기 위해 대체하는 정도로만 알고 있었다.

"1학기 첫 시험을 준비할 때였어요. 글쎄 정교사(정규직 교사)가 시험 문제를 저한테 내라지 않겠어요. 그것도 시험 문제 전부를요. 마지못해 대답은 했지만 찬바람이 쌩 몰아치더군요. 나와 너만 있고 '우리'가 빠진 것 같은 인상을 받았으니까요."

한번은 이런 일도 있었다. 그러니까 임용고시 시험을 치른 이튿날이었다. 혜원 씨는 얼굴이 화끈거려 고개를 들 수 없었다. 학생들이 보는 앞에서 정교사가 임용고시 시험은 잘 봤느냐고 물어온 것이다.

"어떤 학교에서는 정교사가 학생들에게 기간제 교사를 소개하면서 이런 말까지 했다죠. 너희들도 공부 열심히 하지 않으면 저 선생님처럼 된다는. 거기까지 나간 건 아니지만 얄밉긴 했습니다. 같은 말이라도 어 해 다르고 아 해 다르듯이, 학생들이 기간제 교사의 신상을 알았을 때와 모르고 있을 때의 차이는 하늘과 땅이란 말이죠. 학생들이 알게 되면 교사 스스로 움츠러들거나 소심해질 수밖에 없고요."

학생들과 큰 마찰 없이 여름방학이 다가오고 있었다. 교장실로 불려 간 혜원 씨는 고개만 주억거릴 뿐이었다.

"기간제 교사는 방학 기간에도 학교에 나와야 한다기에 처음엔 그런 줄 알았죠. 그런데 동료 교사가 이상한 말을 하지 않겠어요. 교장은 벌써부터 시간외수당을 염두에 둔 나머지 저를 끌어들인 것 같다고요. 다시 말하면 전 교장의 필요에 따라 움직이는 들러리였던 셈입니다. 기간제 교사에게 수당은 그저 부러움의 대상일 뿐이란 말이죠. 받고 싶어도 받을 수 없으니까요."

"방학 때 정말 학교에 나간 겁니까?"

"어쩌겠어요. 교장이 나오라는데……."

그사이 계절은 가을에서 겨울로 접어들고 있었다. 겨울방학

그래도, 살아갑니다

을 끝으로 계약 기간이 만료되자 혜원 씨는 갑자기 세상이 텅 빈 것 같았다. 10개월이라는 시간이 이토록 허무할 줄 몰랐다.

"허무하고 두렵다는 말의 의미를 기간제 교사 때 알았지 뭐예요. 방학을 맞은 정교사는 휴식을 취하는데 저는……. 맞아요, 스페어타이어. 매년 2월만 되면 불안에 떠는. 이번에는 될까 안 될까, 된다면 계약 기간이 얼마나 될까. 6개월? 1년?"

초조한 가운데 혜원 씨는 응시원서, 자기소개서, 최종학력증명서, 경력증명서 등 서류를 갖춰 학교 홈페이지에 접속했다. 6개월이든 1년이든 기간제 교사 지원 말고는 다른 대안이 없었다.

"지난해는 고흥(군)에서 지내 한시름 놓았지만 올해는 어떨지 모르겠네요. 계약이 성사될지 어떨지. 결혼도 걱정이고요. 주변에 기간제 교사와 기간제 교사가 만났다가 깨지는 걸 보니 겁부터 나더군요. 서른을 훌쩍 넘긴 나이에 다른 직종을 찾는다는 것도 쉽지 않고요. 사는 게 참 불안한 것 같아요."

슬픈 졸업식

"사범대학을 졸업하던 2006년에 기간제 교사 지원 원서만 스무 곳에 넣었는데 모두 허탕을 쳤지 뭡니까. 무(無)경력에서 제동이 걸린 겁니다."

어떻게든 경력증명서를 제대로 갖춰야 한다는 생각에 이형탁(가명) 씨는 계약 기간이 1개월이든 3개월이든 가리지 않고 뛰어

다녔다.

"방학 기간에만 열리는 엉어교실 강사로 일하다 광주의 모 여고로 가게 됐는데, 그곳에서 재미난 사실을 알게 되었죠. 정교사의 출산이나 육아휴직, 장기 병가로 발생하는 공백은 뒷전인 채 기간제 교사를 일부러 모집하지 않겠습니까? 기간제 교사는 주말에도 출근했으니 학부형들 입장에서는 그보다 좋은 학교도 없었죠. 또 학교는 학교대로 수당을 안 줘도 되니 남는 장사나 다름없었고요. 사립학교의 경우 학생들의 성적이 상승할수록 그에 따른 발전기금도 쑥쑥 불어나잖습니까. 사육형에 가까운 광주의 모 여고가 바로 그런 케이스였습니다. 로또 방식으로 기간제 교사를 모집해 성과가 좋으면 재계약하고 그렇지 못하면 한해살이로 버리는."

양육형 교사가 될 것인가, 사육형 교사가 될 것인가. 기간제 교사로 살아남으려면 양자택일할 수밖에 없었다.

"교단에서 인성교육은 말잔치에 불과합니다. 사립이든 공립이든 먼저는 실력이니까요. 제가 맡은 과목에서 흡족한 결과를 안겨 줘야만 살아남을 수 있습니다. 재계약 때 보니 14명 중 살아남은 기간제 교사는 세 명뿐이더군요. '올 1년 동안 고생 많았습니다.' 참 두려운 말이죠. 이 말은 곧 당신과의 계약 기간이 종료됐음을 알리는 일종의 신호였으니까요."

계약 기간이 만료되는 겨울이면 그렇듯 학교에서 거리로 내몰리는 기간제 교사들. 형탁 씨도 그 과정을 거쳐 안착한 곳이 순천의 모 중학교였다.

그래도, 살아갑니다

ⓒ이강훈

"더는 떠돌고 싶지 않아 악착같이 일했죠. 정교사들이 꺼리는 방학 기간에도 나와 보충 수업을 진행했고요. 다행히 학생들의 영어 점수가 상승하면서 재계약에 성공했고, 담임까지 맡게 되었죠."

그러나 불편한 진실은 꿈쩍도 하지 않았다. 기간제 교사 모집 요강이 그중 하나였다. '3월 1일부터 방학 선언일까지.' 형탁 씨는 진저리를 쳤다.

"교육기관의 수법이 참 교활하다 싶었죠. 계약 기간을 상반기·하반기 모두 방학 선언일까지로 삭둑 잘라 버렸잖습니까. 그러니 수당이 있길 합니까, 방학 기간에 급여가 나오길 합니까. 담임에 생활지도까지 온갖 고생은 제가 다 하는데도 돈(상여금)은 정교사가 챙겨 가는 꼴이잖아요. 한 학교에서 5년째 근무하다 보니 우리나라 교육의 미래가 캄캄하더군요. 임용고시 교사가 많아지면서 학교 분위기가 협력과 소통에서 완장으로 변했다 할까요. 젊은 교사일수록 이타적인 면을 찾아볼 수 없고, 동료 교사들과의 인간관계마저 초등학생 수준에도 못 미치지 뭡니까."

교단에 첫 임용고시 출신의 교사가 모습을 드러낸 건 1991년 2월이었다. 반대의 목소리도 적지 않았다. 임용고시 교사가 많아질수록 학교는 치열한 경쟁 중심으로 변질될 거라는 우려 때문이었다. 얼마 전 국회 교육위원회 소속 모 의원은 인터뷰에서 바로 그 점을 지적했다. 임용고시로 합격한 교사일수록 담임교사, 학생지도, 취업전담, 행정업무 등을 기피하는 경향이 있다는.

"졸업식 때 제일 비참하더군요. 3학년 담임을 맡고도 졸업식에 참석할 수 없으니 이보다 비참한 현실이 또 어디에 있겠습니까. 기간제 교사는 겨울방학과 동시에 무급 신세로 전락하고 맙니다."

발목을 다쳐 깁스를 하고 다닐 때였다. 연가를 내고 싶었지만 형탁 씨는 차마 입을 떼지 못했다. 3학년 담임을 맡고 있는 데다 자신은 유급휴가를 낼 정교사 신분이 아니었던 것이다.

"아마 모르긴 해도 그때처럼 기간제 교사의 비애감을 온몸으로 느낀 적도 없었을 겁니다. 3층 건물 계단을 목발 짚고 오르내리려니 저절로 눈물이 삼켜지더군요. 이 악물고 두 달을 버텼습니다."

지난해 결혼한 형탁 씨는 방학 기간에 대해서도 할 말이 있다

그래도, 살아갑니다

고 했다.

"생활비는 매달 나가는데 방학 기간에는 급여조차 없잖습니까. 이 모든 게 학교마다 다른 계약 방식 때문인데, 이거라도 좀 하루속히 통일해 줬으면 하는 바람입니다. 한 해만이라도 안정적인 생활을 도모할 수 있도록 말이죠."

2015년 2월, 형탁 씨는 기간제 교사 10년 만에 처음으로 졸업식에 참석했다. 본인이 직접 학교 측에 간청한 일이었다.

"기쁜데 기쁘지가 않고 오히려 슬퍼지더군요. 담임을 맡았던 학생들의 졸업식에마저 이런 식으로 참석해야 한다는 게 말이죠. 가장 보편적인 《인권》 잡지에마저 이름을 밝힐 수 없는 삶을 살아가고 있잖습니까. 부끄러울 따름입니다."

커피숍에서 나와 악수를 나눌 때였다. 쓸쓸함을 감추지 못하던 형탁 씨가 아내 이야기를 꺼냈다.

"아내는 아마 불안감에서 벗어나지 못하고 있을 겁니다. 여기 나오는 것 때문에 아내와 다퉜거든요."

"그런데도 나오셨군요."

"제 삶이 더 이상 부끄러워서는 안 된다는 결론을 내렸습니다. 한 학교에서 기간제 교사로 10년째 근무하다 보니 하고픈 말도 생겼고요. 그리고 새 학기부터는 우리 반 학생들에게도 떳떳하게 말할 생각입니다. 나는 기간제 교사라고 말이죠."

2015년 4월 기준 기간제 교사의 담임 비율은 42.4%에서 2019년 8월 50.1%로 껑충 뛰었다. 뿐만 아니라 17개 시·도 광역시 중

10개 도시에서 기간제 교사 절반 이상이 담임을 맡고 있는 것으로 확인됐다.

담임을 왜 기간제 교사가 맡아야 하죠

"스물아홉 살에 사범대학 기계교육학과를 들어갔으니 늦어도 한참 늦었죠. 교직은 2006년 교생실습을 나간 게 인연이라면 인연이었고요."

중국집 배달원, 단란주점 점원, 건설 현장 잡부 등 탁덕기 씨의 지난 경력은 무척 화려했다. 그리고 10대 때 자동차 정비기능사 자격증을 취득해 기간제 교사 자리도 생각보다 어렵지 않게 구할 수 있었다.

"승주에 있는 고등학교에서 근무하다 목포로 옮겨 갔더니 정신이 번쩍 나더군요. 공립학교인데도 기간제 교사만 13명이 되지 않겠습니까."

세상은 요지경, 덕기 씨의 눈에는 그렇게 비쳤다. 이걸 과연 학교라고 해야 할지 장삿속을 챙기는 곳이라 해야 할지, 선뜻 답을 내릴 수가 없었다. 교감과 옥신각신 한바탕 설전이 벌어진 것도 그 무렵이었다.

"담임을 왜 땜빵 인생이나 다름없는 기간제 교사가 맡아야 하는 거죠? 학생들의 미래를 위해서라도 정교사가 맡는 게 가장 이상적이고 정상적인 모습 아닌가요. 정교사는 교육감이 직접 발령

그래도, 살아갑니다

하고, 학교 측과 계약을 맺는 기간제 교사는 수명이 다하면 버려지는 10개월짜리들이 아닙니까. 언제 떠날지 모를."

담임을 맡지 못하겠다고 교감에게 맞서자, 교장의 호출로 이어졌다. 하지만 덕기 씨의 대답은 조금도 변하지 않았다. 담임은 물론이고 학생들의 생활지도도 정교사가 맡아야 한다며 배수진을 쳤다.

"법적 근거가 약한 공격을 받을수록 강한 방어가 필요합니다. 내년에도 나를 책임질 수 있느냐, 학교 책임자인 당신이 만약 그걸 보장해 준다면 기꺼이 담임을 맡겠다고 하자 교장도 입을 다물더군요. 못할 말로 기간제 교사가 정교사 총알받이 하러 들어간 건 아니잖습니까. 나만의 프라이드라는 것도 있고요."

마지막 남은 자존심을 지키기 위해 세 번째 학교에서는 일주일 만에 뛰쳐나온 적도 있다. 학교마다 왜, 학부형들이 그토록 불안해하고 학생들마저 차가운 시선으로 바라보는 기간제 교사에게 굳이 담임을 못 시켜 안달인지, 덕기 씨는 그 점을 이해할 수 없었다. 어느 사회라도 강매는 부당성을 동반하기 때문이다.

"뭐, 있겠습니까. 고학력자일수록 힘들고 궂은일은 하기 싫다는 거겠지요. 학교의 윗선들은 윗선들대로 일이 생겼을 때 재량껏 자를 수 있다는 점에서 기간제 교사를 선호할 것이고요. 너무 비관적인가요? 그렇다면 이런 방법도 있을 수 있겠네요. 학교에 정말 정교사가 부족해 그런다면 담임이든 학생 생활지도든 군말 없이 협력할 용의가 있다는."

남들보다 일찍 세상 바닥을 기어 본 탓이기도 했다. 기간제 교사로 떠돌며 볼 것 못 볼 것 다 겪고 나니 허허, 웃음밖에 나오지 않았다. 값싼 외국인 노동자를 고용해 입맛대로 쓰다 버리는 자본의 현실이 학교에도 만연해 있었다. 하여 두 주먹을 불끈 움켜쥔 덕기 씨는 제대로 된 교사가 되고 싶다는 일념에 임용고시를 붙들었다.

"정교사가 되기로 마음을 정한 데는 그만한 이유가 있었습니다. 이미 재계약을 마친 상태에서 학교 홈페이지에 기간제 교사 모집공고문을 내는 건 또 무슨 시추에이션이란 말입니까. 마치 교육청과 학교가 짜고 야바위놀음을 하는 것 같아 어이가 없더군요. 두 기관이 기간제 교사들을 상대로 장난을 치고 있지 뭡니까."

세 번의 도전 끝에 임용고시에 합격한 날이었다. '발령'이라는 어감이 낯설면서도 안정감을 주었다.

"비정규직에서 정규직으로 옷을 갈아입었을 때 제일 먼저 발 벗고 나선 건 학교 안에서만이라도 기간제 교사라는 용어를 없애자는 거였죠. 교사면 교사지, 더 이상 뭐가 필요하죠? 그리고 하나는 3D 업종처럼 낙인찍힌 담임을 기간제 교사에게 강매하듯 떠넘기지 말자는 거였습니다. 교사가 교사를 차별한다면 무슨 염치로 학생들에게 인권의 가치를 설명할 수 있겠습니까. 그것이야말로 늑대가 양의 탈을 쓴, 위선 중 위선이 아닐까요? 그런 정교사를 보면 대놓고 지적했습니다. 당신이 해야 할 일을 힘없는 약자에게 떠넘기지 말라고요."

전라북도 익산에서 학생들을 가르치고 있는 덕기 씨는 인터넷 카페도 개설했다. 13명 모집에 90명이 응시할 정도로 기간제 교사 수가 해마다 증가 추세를 보인다는 점이 그의 어깨를 짓눌렀다.

"학생들이 기간제 교사를 빗자루로 때리고 입에 담지 못할 욕설까지 해 대는 뉴스를 보는데 눈물이 나더군요. 해마다 2월이면 미아처럼 거리를 떠도는 동료 교사들의 얼굴이 겹쳐 떠올라 부끄럽기도 했고요. 하고픈 말이 있거든 해 보라고, 울고 싶거든 실컷 한번 울어 보라고 카페에 기간제 교사만의 방을 하나 만들어 놓았을 뿐입니다. 물론 기간제 교사들과 힘껏 연대도 할 겁니다. 교사들이 먼저 건강한 정신을 지녀야 학생들도 교사를 믿고 따를 테니까요. 자식을 탓하는 부모 없듯 교사와 학생의 관계도 다르지 않다고 봅니다. 제아무리 썩었더라도 학교는 각자의 실수를 용납해 주고 서로를 보듬어 주는 공간이 아닙니까."

10분 전쟁

일곱 번째 이야기

○　○　○

"1998년 봄에 대리운전을 시작했으니 꽤 됐네요. IMF(외환위기) 한파가 무섭긴 무섭더라고요. 중장비 사업을 하다 한 방에 무너졌지 뭡니까."

양주석 씨의 나이 마흔여섯 때였다. 한창 일할 나이에 밧줄이 끊긴 그는 숨조차 제대로 쉴 수 없었다. 마치 세상이 다 끝난 것 같았다.

그런 어느 날이었다. 대리운전 모집광고를 보고 찾아간 '대구연합'은 생각보다 규모가 작은 업체였다.

"처음 한 달은 지리 때문에 애 좀 먹었습니다. 만취 상태인 고객을 깨워 길을 물을 수도 없고, 더구나 대리운전은 야간에만 하잖습니까."

시 외곽(대구광역시 팔공산 인근)까지 무사히 대리운전을 마친 양주석 씨는 돌아갈 길이 막막했다. 이럴 경우 대리운전자들은 지나가는 승용차나 화물차를 세워 시내로 다시 이동하는데, 그날따라 아무도 차를 세워 주는 사람이 없었다.

　　　　　　　　그래도, 살아갑니다

대중교통마저 끊긴 어두컴컴한 길을 한 시간 남짓 걸었을까. 어렵게 화물차를 얻어 탄 양주석 씨는 까닭 모를 설움에 젖었다. 밥을 벌어먹기 위해 이토록 춥고 외로운 길을 걸어 보기는 처음이었다.

"대리운전자들이 하루 평균 10~12km를 걷는데요, 겨울이 좀 힘들긴 합니다. 운전하는 시간보다 도보로 이동하고 대기하는 시간이 더 길기 때문이죠. 물론 업체에서 운영하는 카바차(셔틀버스)가 있긴 합니다. 하지만 그것도 유흥업소가 모여 있는 도심에서나 가능한 일입니다."

대리운전을 하면서 몇 차례 돈을 떼인 적도 있었다. 목적지에 다다르자 고객(차주)은 현금이 없다면서 양주석 씨의 통장 계좌번호를 알려 달라고 했다. 물론 그 돈은 입금되지 않았다. 대구에서 구미까지 장거리 대리운전을 뛴 날은 그보다 더 황당한 일도 벌어졌다. 휴게소에 차를 정차한 뒤 고객이 부탁한 담배를 사 왔더니, 그사이 차주는 어디론가 사라지고 없었다. 양주석 씨는 그날 대리운전비 5만 원과 일당벌이마저 접어야 했다.

"사는 게 참 허망하더라고요. 세상을 너무 바보처럼 살았다는 생각에 눈물도 나고요. 어쩌다 보니 제 인생이 휴게소에 버려져 있지 않겠습니까."

밤거리에 대리운전 기사가 갑자기 많아진 건 참여 정부 때였다. 제2의 6·25로 회자되는 IMF 여파는 그만큼 충격이 컸다. 대량

실직자가 발생하면서 일용직 근로자 수가 급속히 증가한 것이다. 대구광역시에도 하나뿐이었던 대리운전 중개업체가 세 곳으로 늘었다.

참여 정부 시절의 변화는 그뿐만이 아니었다. 기존 사납금 방식이 선납금(대리운전 기사가 일정한 금액을 대리운전 업체에 미리 납입하면 업체는 그 돈에서 중개 수수료를 출금해 가는 방식)으로 바뀌었고, 무전기를 이용해 업체와 통신을 주고받던 시스템도 자동화로 바뀌었다.

"그때가 2003년도였는데 대리운전 시스템이 자동화되면서 편리하긴 했죠. 휴대전화에 장소와 시간, 요금이 뜨면 대리운전자는 그곳으로 달려가면 됐으니까요. 하지만 그건 갑의 횡포를 부추기는 신호탄이기도 했습니다. 대리운전자 수가 증가하면서 업체마다 보이지 않는 횡포가 만연해진 겁니다."

전국 대리운전자 수는 약 20만 명. 대리운전 시장이 커지면서 발생하는 문제점도 한두 가지가 아니다.

"대리운전 시스템이 자동화되면서 수수료와 관리비, 단체보험료와 배차 프로그램 등 대리운전 업체들이 요구하는 비용도 많아지더군요. 한 달 일해 200만 원을 벌었다고 가정했을 때 그중 4분의 1이 업체로 들어가지 뭡니까."

영업용 택시 기사와 달리 대리운전 기사는 얼굴 없는 출·퇴근을 한다. 사정이 그렇다 보니 대리운전 업체와의 관계가 썩 좋은 편은 아니다. 자신이 원하는 업체에 가입만 하면 더 많은 고객을

그래도, 살아갑니다

확보할 수 있다는 이점도 있었지만, 거기에 따른 지불금액도 만만치 않기 때문이다. 각기 다른 세 업체에 가입했을 경우 한 달 단체보험료만 25만5,000원(8만5,000원×3업체), 계산은 아직 더 남아있다. 배차 프로그램비(대형 프로그램 회사가 대리운전 앱을 생산해 대리운전 업체에 팔면 업체에서는 이 프로그램을 대리기사에게 매일 500원씩에 되팔고 있다)와 수수료(대리운전 1건당 3,700원), 관리비 등을 별도로 지불해야 한다.

"정말 화가 났던 건 취소 벌금 제도였습니다. 대리운전 업체로부터 콜을 받았다 취소하면 500원, 실수로 확인을 잘못 눌렀다 취소하면 100원, 약속한 시간에 도착 못해 고객을 놓쳤을 경우 수수료로 3,000원을 지불해야 하니 무슨 수로 살아갈 수 있겠습니까. 대리비 1만 원을 받아 이것저것 떼고 나면 남아 있는 게 없더란 말이죠."

콜, 콜, 콜……

2007년 가을 무렵이었다. 대리운전 노동조합의 필요성을 느낀 양주석 씨는 몇몇 사람들과 함께 팔을 걷어붙였다. 설령 법으로 인정받지 못한다 하더라도 눈앞에서 벌어지고 있는 대리운전 업체들의 횡포를 바로잡고 싶었다. 하지만 그에게 돌아온 건 '콜 정지'였다.

"대리운전자에게 생명줄이나 다름없는 콜이 끊겨 버렸으니

참담할 수밖에요. 지금도 그때 일을 생각하면 고개를 들 수가 없습니다. 나 역시도 한 집안의 가장이었단 말이죠."

250만 인구가 거주하는 대구광역시에 대리운전 기사를 찾는 하루 평균 차량은 2만여 대. 언젠가부터 전국의 대리운전 기사들은 대구를 일컬어 '대리운전 기사들의 천국'이라고 불렀다. 물론 그 시작에는 하루아침에 콜 정지를 당한 양주석 씨가 있었다. 2007년 전국 대리운전 노동조합(법외노조) 위원장으로 선출된 양주석 씨는 단체보험 중복 가입과 배차 취소 벌금 제도부터 해결에 나섰다. 결과는 나쁘지 않았다. 때마침 대구에 보험대리점 브로커와 대리운전 업체가 손잡은 비리가 터지면서 문제 제기를 하자, 대구사랑(47%)·시민연합(43%)·세종연합(10%) 들도 한발 물러선 것이다.

"세 개 업체가 연합체로 단일화하면서 단체보험료와 배차 프로그램비도 한 곳에만 지급하는 결과를 낳게 된 겁니다. 전국에서 유일하게 배차 취소 벌금 제도를 없앤 것도 대구였고요."

그렇지만 양주석 씨는 갈 길이 멀다고 했다.

"그동안 많이 개선되긴 했지만 여전히 대리운전 현장은 '인간 시장' 그 자체라고 할 수 있습니다. 대기업에서 일하다 쫓겨난 사람, 미처 노후 준비를 못한 명퇴자, 낮에는 부동산이나 보험회사, 주차장에서 일하면서 투잡(two job)을 뛰는 등 사연이 정말 다양합니다. 오죽하면 대리운전 시장을 실업자들의 1번지라고 하겠습니까."

전국의 대리운전 기사 평균 연령은 47세로, 중개업체 면접 기준도 까다로운 편은 아니다. 계약서 작성과 함께 업무 규정, 고객을 대하는 자세, 휴대전화에 깔린 프로그램 작동법만 인지하면 바로 현장에 나갈 수 있다. 하지만 대리운전 기사들도 빗길 운전은 꺼릴 수밖에 없다. 사고가 나면 중개업체에 따로 30만 원의 면책금을 지급해야 하기 때문이다.

"면책금도 문제지만 빗길 사고로 인한 차량이 더 큰 문제였습니다. 사고가 발생하면 중개업체는 뒤로 쑥 빠진 채 모든 걸 대리운전자가 책임져야 했으니까요. 일방적인 구조를 바로잡기 위한 해결책을 찾아봤는데 계란으로 바위 치기였죠. 연합체를 구성한 갑이 철옹성이라면 을은 메아리 없는 함성에 지나지 않았으니까요."

대리운전자에게 피크 타임(peak time)은 오후 11시에서 자정 무렵이다. 하루 많게는 열세 탕까지 뛰어 봤다는 양주석 씨는 그러나 다 지나간 얘기라며 웃었다.

"경제가 갈수록 안 좋아지는 것만은 사실인 듯합니다. 주점과 노래방에서 오는 콜이 80%를 차지했다면 지금은 식당 콜이 대부분입니다. 계속되는 불황으로 2차 갈 여력이 없어진 거죠."

허탈한 표정으로 한숨을 내쉬던 양주석 씨는 이런 이야기도 들려주었다. 20분을 잘 참아 낼 줄 아는 대리운전 기사야말로 요지경 속인 차에서 별 탈 없이 벗어날 수 있다는.

"시내를 뛸 경우 웬만한 거리는 20~30분 안에 다 갈 수 있단 말이죠. 문제는 차 안에서 벌어지는 일들입니다. 만취한 사람들을 상대하다 보니 욕설은 다반사고, 여성들 중에는 대놓고 모텔로 가자는 고객도 있습니다."

"그럴 땐 어떻게 하나요?"

"별 방법이 있나요. 한 번 낮출 것 두 번 낮추고, 짓궂게 구는 여성 고객에게는 입을 다무는 게 최선입니다."

오후 6시에 출근해 이튿날 새벽까지 일하는 대리운전자들의 애환이랄까. 대학교 강사직을 그만두고 대리운전 기사로 생활 전선에 뛰어든 김민섭 씨가 쓴 글이 오랫동안 기억에 남는다.

"자신이 통제를 쥐고 있는 것이라야 핸들, 브레이크, 엑셀 이외에는 건드리면 안 되는 '행위'의 통제, 차주의 심기를 건드리지 않는 '말'의 통제, 스스로 판단하지 않고 영혼 없이 운전만 하는 '사유'의 통제를 통해 비로소 운전석을 내리고 나서야 나 자신의 주체를 찾게 된다."

이상하게 듣지는 마세요

부부가 함께 대리운전을 하는 승용차에 탑승한 건 오후 9시경이었다.

손규필 씨와 문점순 씨는 차 시동을 걸자마자 휴대전화만 주시했다. 각자 사용하는 휴대전화에 세 업체에서 송신하는 대리운전 콜이 초를 다투듯 떴다. 먼저 입을 연 사람은 남편 손규필 씨였다.

"옥포 떴는데⋯⋯."

그래도, 살아갑니다

주로 장거리를 뛴다는 손규필 씨 입에서 '옥포'가 나오자, 옆 좌석에 앉은 문점순 씨도 그제야 휴대전화를 잠시 내려놓았다.

대구광역시 여성 대리운전자 수는 300여 명으로, 문점순 씨는 올해 8년 차다.

"여고를 졸업한 뒤 택시회사에서 꽤 오래 경리로 일해 운전이 서툰 편은 아니었어요. 그런데도 대리운전은 또 다르더라고요. 차종이 워낙 많은 데다 기종마저 오토에서 스틱까지, 대리운전 첫날은 초긴장 상태였습니다. 가는 날이 장날이라고 벤츠가 걸렸지 뭡니까. 시동을 걸면서 고객에게 사실대로 말씀드렸더니 가는 길을 침착하게 알려 주더군요."

자동차 운전면허증만 있으면 월 200만 원 수입을 보장한다는 광고를 너무 믿었던 탓일까. 시간이 흐를수록 고객들의 반응도 천차만별이었다. 특히 여성 대리운전자를 노리는 남성 고객이 세인들 입에 오르내리면서 거기에 따른 반응도 더욱 노골적으로 나타났다.

"간추려 보면 대략 다섯 가지 되는 것 같아요. 알바 뛰느냐, 어디 바람이라도 쏘이러 갈까, 앞으로 나와 자주 만날 수 있겠느냐, 아직 젊어 보이는데 왜 이런 일을 하느냐, 하루 10만 원쯤이야 쉽게 벌 수 있는 방법도 많지 않으냐……. 만취한 상태에서 무슨 소린들 못하겠습니까. 물론 그중에는 여성 운전자라는 거부감을 가지고 탔다가 오히려 편안함을 느꼈다는 손님도 있습니다."

그렇지만 여성의 몸이다 보니 무섭고 두려울 때도 있다. 운전

그래도, 살아갑니다

중인 차가 외지로 빠져나갈 때면 문점순 씨는 요즘도 입술이 바삭바삭 타들어 간다고 했다.

"남자 운전자들도 꺼리는 길을 자정 넘은 시간에 간다고 상상해 보세요. 긴장감이 배로 늘 수밖에요. 그리고 이건 대리운전 업체의 잘못이 더 큽니다. 출발지만 알려 줄 뿐 프로그램 어디에도 도착지를 알려 주는 기능이 없어요. 대리를 부른 고객을 만나야 목적지를 알 수 있습니다."

문점순 씨가 자신의 휴대전화를 내밀어 보였다. 그의 말대로 시외를 제외하곤 목적지가 뜨는 곳이 단 한 곳도 없었다. 그런데 색다른 콜이 보였다. 여성 대리운전자를 원한다는 콜이었다.

"이상하게 듣진 마시고요. 여성 고객이 여성 대리운전자를 찾는 콜이 뜨면 저부터도 잘 가지 않습니다. 대리운전자로서 고객이 원하는 목적지까지 안전하게 모시는 게 당연한 일이지만 실상은 그렇지 못하거든요. 목적지가 아파트일수록 더 힘든 게 사실이고요. 주차할 곳을 찾지 못해 아파트 주변을 20분 넘게 헤맨 적이 한두 번 아니었단 말이죠. 여성 고객들이 대체로 그런 편입니다. 보시다시피 대리운전은 시간과 싸우는 직업이잖습니까. 그런데도 그걸 헤아려 주지 않을 땐 속이 좀 상하기도 합니다."

10분 전쟁

슬하에 두 아들을 둔 40대 부부가 차를 몰아 찾아간 곳은 경상북도 달성군 옥포면에 있는 보신탕집이었다. 차에서 내린 문점순 씨가 식당 안으로 들어갔다. 그리고 잠시 후, 남편 손규필 씨의 휴대전화로 성서 방송통신대학이라는 문자가 들어왔다. 아내가 보낸 문자였다.

문점순 씨가 먼저 고객과 보신탕집을 빠져나갈 때였다. 아내가 운전하는 차를 뒤따르던 손규필 씨가 속사정을 털어놓았다.

"사업한답시고 말아먹지만 않았다면 우리도 다른 부부들처럼 낮에 일하고 밤에 자는 정상적인 삶을 살았을 텐데……. 지금도 목에 가시처럼 걸려 있는 부분입니다."

손규필 씨의 표현대로 택시 호출 시스템 사업과 식당운영 등 제법 덩치가 큰 사업만 세 번을 말아먹은 뒤였다. 갚아야 할 빚이 억대로 쌓이자 갑자기 세상이 굴레처럼 보였다. 빠져나갈 통로마저 보이지 않았다.

"9년 전 친구의 소개로 대리운전을 할 때만 해도 이렇게 오래 할 거라고는 생각지 못했습니다. 그만큼 현금의 유혹이 컸던 거죠. 잘 벌 때는 하룻밤에 20만 원까지 올려 봤으니까요. 아내가 합류한 건 1년쯤 지나서였습니다. 장거리를 뛰려니까 혼자선 어렵더라고요."

집에 두고 왔다는 두 아들이 걱정되어 묻자 손규필 씨가 한숨을 내쉬었다.

"애들 생각하면 못할 짓이죠. 큰애가 중학교 1학년, 막내가 초등학교 4학년인데 맡아 줄 사람이 있어야 말이죠. 매일 밤 두 아들

그래도, 살아갑니다

을 두고 나올 때면 살얼음판을 건너는 심정입니다."

문점순 씨로부터 목적지에 다 와 간다는 연락이 온 건 옥포를 떠난 지 30여 분 만이었다. 운전 중인 손규필 씨의 손놀림도 덩달아 바빠졌다. 두 번째 탕을 위해 그는 휴대전화에 뜬 콜을 이 잡듯이 확인하는 중이었다.

"콜을 확인할 때 가장 중요한 부분은 시간과 거립니다. 고객이 원하는 10분 안에 도착할 수 있느냐 없느냐, 그걸 행동으로 보여주지 못한다면 이 바닥에서 살아남기 힘듭니다."

첫 탕에서 2만5,000원을 받았다는 문점순 씨가 정차 중인 차로 돌아온 뒤였다. 손규필 씨가 다시 하빈으로 차를 몰았다. 첫 탕에서 약간 느슨한 분위기가 느껴졌다면 두 번째 탕은 전쟁이 막 시작되는 것처럼 보였다. 시간을 확인한 문점순 씨가 어디론가 바삐 전화를 걸고 있었다.

"네, 대립니다. 구미 가신다는 손님 그곳에 계시죠? 10분 안에 도착합니다."

왜 실패한 사람들의
이야기는 없는 거죠

여덟 번째 이야기

○　○　○

'채용박람회는 각 대학이 학생들의 취업을 위해 마련하는 행사다.
보통 2~3일 열리는 채용박람회에 들어가는 비용은 5,000~1억
원. 많은 대학이 졸업생을 위해 자체 예산을 쓰고 있지만 지방대는
수년째 채용박람회마저 못 열고 있다. 하지만 일부 명문대는 예외
다. 이들 대학은 오히려 기업들로부터 참가비를 받는다.'

— <채용박람회 극과 극> 중에서

서울 한 번 다녀오면 10만 원

충북대학교 창조일자리센터에서 주관한 공공기관, 공기업, 대기
업 채용설명회가 시작될 즈음이었다. 초청강사가 연단으로 들어
서자 어수선한 분위기는 순식간에 가라앉았다.

"취업 준비는 언제가 가장 적기일까요? 1학년? 2학년? 3학
년……? 빠를수록 좋습니다. 늦어도 2학년부터는 차근차근 준비
해야 합니다. 2학년은 자신의 인생 목표 설정을, 3학년은 직업과

업종 선택을, 4학년이 되면 입사 희망 기업 시험 준비를 마쳐야 합니다."

학생회관 소극장을 가득 메운 채용설명회에 이어 취업 상담, 지문 인·적성 검사 등 행사가 모두 끝난 건 오후 4시경이었다. 졸업을 앞둔 허예진(중어중문학과) 씨의 표정이 썩 밝아 보이진 않았다.

"채용설명회에서 강사가 2학년 때는 자신의 인생 목표를 설정하라고 했지만 저는 좀 다르게 보낸 것 같아요. 1, 2학년 때는 아무 생각 없이 자유를 만끽하고 싶었다 할까요. 가부장적인 아버지 밑에서 지내다 보니 혼자만의 생활을 꼭 해 보고 싶었거든요. 마침 학과를 아버지가 추천해 주어 부산에서 청주로 올 수 있었고요."

교환학생으로 중국 창춘에 유학을 다녀온 것도 커다란 행운이었다. 지린(吉林)대학에서 보낸 세 학기는 가장 아름다운 추억으로 남아 있다.

"본교로 다시 돌아온 뒤에는 부전공으로 통계학과 사회학을 들었습니다. 좀 더 폭넓은 지식을 쌓아야 한다는 걸 창춘에서 깨달은 거죠. 현재 마음에 둔 업종은 관광산업 분야입니다. 그런데 생각처럼 만만치가 않네요. 인프라 면에서 수도권 대학생들이 부럽기도 하고요. 수도권 학생들이야 언제든 마음만 먹으면 예술 공연과 프로그램을 접할 수 있지만, 저처럼 지방에서 학교를 다니는 학생들은 쉬운 일이 아니잖아요. 어쩌다 한 번 접하는 기회와 수시로 접할 수 있는 환경은 상대적 박탈감을 가져오기도 하고요."

3학년 2학기로 접어드는 지난가을부터였다. 취업박람회, 채용설명회를 좇아 서울을 십여 차례 오르내린 예진 씨는 곧 한계를 실감했다. 마음 같아서는 수시로 상경해 직접 듣고 체험하고 싶었지만 상황이 여의치 못했다.

"서울에 한 번 다녀오려면 교통비와 식비로 10만 원이 들어가는데 그걸 감당하지 못하겠더라고요. 돈 버리고 시간 버린다는 생각마저 들고요."

취업 준비를 한다며 휴학계를 제출한 친구들이 서울로 떠나갈 때도 마음은 무거웠다. 지방에 남아 있어 봤자 희망이 없다는 걸 잘 알면서도 형편상 끝내 동행하지 못했던 것이다. 청년 세대를 일컫는 이태백(20대 태반의 백수), 5포(연애, 결혼, 출산, 취업, 인간관계 포기), 헬조선, 흙수저 등이 남의 일처럼 여겨지지 않았다.

"서울에 직접 다녀오는 것과 인터넷으로 접하는 취업 정보의 차이는 피부로 실감할 수 있습니다. 도서관에만 처박혀 있다 현장 체험을 다녀온 기분이랄까요. 프로그램 운영을 눈으로 확인할 수 있고, 위탁업체 직원에게 직접 질문도 할 수 있으니까요. 물론 학교에서도 자체적으로 스터디 그룹과 남녀 파트너십 프로그램을 진행하긴 합니다. 그렇지만 곧 한계를 느끼게 되죠. 취업은 '정보 전쟁'이라는 말도 있잖습니까. 그 정보의 90% 이상이 수도권에 집중된 것도 분명한 현실이고요."

오는 8월에 졸업하는 예진 씨는 시기도 썩 좋은 편은 아니라고 했다. 경제성장률이 둔화하면서 공기업은 물론이고 중소기업마저 정규직은 뽑지 않고 인턴과 계약직 채용이 대부분이기 때문이다.

"서울로 간 친구들이 뭐라는 줄 아세요? 지방에서 4년간 대학을 다니느니 서울에서 1년간 취업 준비하는 게 훨씬 낫겠대요."

해서 예진 씨도 고민 중이라고 했다. 짐을 챙겨 서울로 가야 할지 청주에 그냥 남을지. 그동안 10여 업체에 입사 지원서를 제출했지만 단 한곳에서도 연락을 받지 못한 것이다.

"국립대학을 선택한 이유 중 하나가 가정형편 때문이었는데요. 막상 기업체에서 아무런 연락이 없자 세상이 공허하게 느껴지지 뭐예요. 저도 부산에서 올라와 안 해 본 알바가 없단 말이에요."

사회에 첫발을 내디뎌 보려는 청년들에게 주변이 너무 불안한 것 같다는 예진 씨와 헤어질 때였다. 결혼 이야기를 꺼내자 예진 씨가 고개를 내저었다.

"연애, 결혼, 출산이야말로 가장 필수적인 행복추구권 아닌가요. 하지만 자신이 없네요. 부모님 세대처럼 살 수 없다는 것도 이미 알아 버렸고요. 결혼하고, 아이 낳아 기르고……. 마음이야 간절하지만 아이를 불행하게 만들까 봐 그게 더 겁이 나는 걸 어쩌겠어요."

수도권 대학 지방 대학

경제학과 4학년에 재학 중인 김태영 씨와 인사를 나눈 뒤였다. 총

학생회장을 맡고 있다는 말에 도전적인 질문을 던졌다. 수도권 대학과 지방 대학의 취업에서 발생하는 격차에 대해서였다.

"정부에서 몇몇 대학을 지방 거점 대학으로 선정하고도 이렇다 할 결과물을 내놓지 못하고 있어 답답할 뿐입니다. 아시다시피 우리나라 대기업들이 서울에 본사를 두고 있잖습니까. 신입사원 채용도 본사에서 주도권을 쥐고 있고요. 이 문제를 해결해 보려고 기업들과 간담회를 개최한 적 있는데, 지방 대학의 경우 신입사원 채용을 각 지사에서 해 달라는 요구였죠."

"간담회 결과가 안 좋았던 모양이군요."

"그게 좀 화가 나는 게……."

자세를 고쳐 앉은 태영 씨는 수도권 대학은 공부 잘하는 학생들이 가는 곳, 지방 대학은 그렇지 못한 학생들이 모이는 곳이라는 인식부터 깨야 한다며 목소리를 높였다.

"지방에는 국립대학이, 수도권에는 사립대학이 많잖습니까. 그 때문인지 수도권 대학은 취업 부분에서도 상당히 체계적이고 유기적으로 움직이더군요. 이른바 인맥이라 칭하는 학연도 무시할 수 없는 요인이고요. 각 업체에 취업한 동문 선배들로부터 얻어낸 다양한 취업 정보를 손에 쥐고 있어 지방으로선 경쟁 속도에서 뒤처질 수밖에 없는 거죠. 지방 대학들이 취업 정보를 인터넷으로 접속하고 있을 때 수도권 대학들은 구두로 얻은, 한층 확실한 정보를 공유하고 있잖습니까."

그러면서 태영 씨는 강사를 초청하려 해도 이중의 고통을 겪

그래도, 살아갑니다

고 있다며 지방 대학의 애환을 털어놓았다. 거리가 멀다는 이유로 특강에 응해 주지 않거나 수도권에서 받는 강사료보다 더 많은 액수를 요구하고 있다는 것이다.

"학교 축제 때도 애를 먹긴 마찬가집니다. 연예인을 섭외하려 해도 반기는 사람이 있어야 말이죠. 결국엔 출연료를 더 지불하는 조건으로 섭외를 할 수밖에 없습니다."

연예인을 초청하지 않으면 축제 때 학생들의 참여가 저조해진다며 한숨을 내쉬던 태영 씨가 잠시 말머리를 돌렸다. 지난봄에 학교를 다녀간 초청 강사의 이야기를 들려주고 싶다고 했다.

"직무직성, 자기소개서, 테크니컬에 밝은 강사였는데 특강을 마친 후 아쉬움을 토로하더군요. 수도권 대학과 지방 대학은 학생들 질문에서 차이점을 보이는 것 같다면서 말이죠. 먼저 취업 정보의 80%만 들려준 뒤 나머지 20%는 학생들의 질문을 받아 채워 주려 했는데 질문하는 학생이 없더라는 겁니다. 그만큼 지방 대학생들이 취업 정보에 어둡다는 방증이 아니겠습니까."

강사의 말처럼 사립대학이 즐비한 수도권은 입사 시험에서도 지방과 큰 차이를 드러낸다. 취업에 대비하는 각종 시스템이 체계적으로 갖춰져 있을 뿐 아니라, 그 효율성이 학생들에게 고스란히 전이되고 있는 것이다.

"취업 문 앞에서는 모두가 냉정하잖습니까. 그 지역의 문화나 정서를 묻는 심사위원도 별로 없고요. 학문을 위한 대학이냐? 취업을 위한 대학이냐? 여기에 대해 물어 온다면 자신 있게 말할 수 있을 것 같네요. 해마다 취업 시기가 다가오면 예·체능계와 인문계는 입사 지원서에 클릭조차 할 수 없는 현실에서 살아가고 있으니까요."

취업 문턱에서 좌절감부터 맛봐야 하는, 인문학 전공자와 인문학은 과연 우리 사회에 필요한 학문인가? 태영 씨의 목소리가 처음 같지 않았다.

"청년들의 미래가 사라지고 있다는 말이 가장 적확한 표현 아닐까요? 입학 문(門)에 비해 졸업 문은 콘크리트 벽처럼 굳게 닫혀 있고, 정부마저도 학문을 소모품 대하듯 경제 논리로만 보고 있으니 말이죠. 대학이 점점 사막화하는 것 같아 안타까울 따름입니다."

너희들의 꿈은 무엇이냐?

청주대학교에서 만난 양승민(사회학과 4학년) 씨는 2014년 발생한 사회학과 폐과(廢科) 소식부터 들려주었다.

"사회의 부당함에 침묵하지 말라고 배운 그동안의 교육이 하루아침에 거리로 내몰리는 신세였잖습니까. 학교 측이 주장하는 일방적인 통보에 맞서 사회학과를 제자리로 돌려놓긴 했지만, 앞으로 몇 년을 더 버틸 수 있을지는 장담 못하겠네요. 한국 사회의 기류가 어지간히 불안정해야 말이죠."

외국인 교수의 강의를 듣는 날이었다. 강의 중 교수가 물었다.

　　　　　　　　　그래도, 살아갑니다

"너희들의 꿈은 무엇이냐?"

순간 강의실은 침묵으로 휩싸였다. 아무도 손을 드는 사람이 없자 교수가 다시 입을 열었다.

"나는 이미 한국에 와서 보았습니다. 여러분들의 꿈을 앗아 가는 무서운 괴물이 존재한다는 사실을. 다들 공무원을 하겠다고 그러는데, 그것이야말로 미래가 없는 나라요 꿈을 잃어버린 나라가 아닐까요? 적어도 사회학 관점에서 보면 그렇습니다. 위정자들이 국가론을 다시 공부해야 할 때입니다."

강의를 듣고 나오는 길이었다. 그날 승민 씨는 쇠뭉치로 뒤통수를 얻어맞은 것처럼 한동안 말을 잇지 못했다.

"20대를 향해 투표율이 저조하다며 말들 하잖아요. 저는 이렇게 말해 주고 싶네요. 정부와 정치권에서 단 한 번이라도 청년들이 갈급해 하는 밥상을 내놓은 적 있느냐고요. 주행 중인 차량이 고장으로 멈췄을 때 땜질 수준의 정비를 하느라 바빴잖습니까. 전체적으로 부품을 교체할 시기를 놓쳐 버린 겁니다."

5포 세대의 현실을 제대로 인식하지 못하고 있는 정치권이야말로 지탄의 소리를 먼저 들어야 한다고 했던가. 휴학계를 제출한 동기들이 일찌감치 서울로 떠나는 걸 지켜볼 때마다 승민 씨는 까닭 모를 자괴감이 든다고 했다.

"저는 유명 강사의 특강을 썩 좋아하지 않습니다. 왜 하나같이 성공한 사람만 있고 실패한 사람들의 이야기는 없는 거죠? 자신의 꿈조차 말하지 못하고 살아가는 청년 세대에게 성공 사례만 잔뜩 나열하는 강연이 오히려 불편했습니다. 텔레비전 드라마나 영화도 예외일 수 없습니다. 대기업 입사 서류전형에서 지방 대학생 서류가 나오면 너무도 자연스럽게 말하잖아요. '지방대? 그거 한쪽으로 밀어 놔. 지방에서 배웠으면 얼마나 배웠겠어.' 당부컨대 이같은 장면과 대사는 자제하고 좀 더 신중해 줬으면 하는 바람입니다."

마치 우리나라에 대기업밖에 없는 양 한쪽으로 몰아가는 사회구조에 대해서도 승민 씨는 말을 아끼지 않았다.

"아까 투표 이야기를 했잖아요. 대학도 크게 다르지 않습니다. 총학생회 투표율이 거의 바닥입니다. 이걸 콕 집어서 알려 준 게 한국으로 유학 온 다른 나라 학생들이었고요. 한국의 대학생들이 갈수록 이기적으로 변해 간다고 말입니다. 물론 잘못은 우리에게 있습니다. 중국에서 유학 온 학생을 보면 짱깨, 피부 색깔에 따라 너는 화이트 너는 블랙, 이런 식으로 유학생들을 대했으니까요."

호주에서 잠깐 고등학교를 다닐 때였다. 승민 씨에게 가장 인상적인 부분은 전교생 모두가 토목, 목공, 전자, 자동차 엔진 구조 등을 배운다는 점이다. 그들은 고등학교만 졸업해도 사회에 나가 스스로 밥을 벌어먹을 수 있는 교육을 받고 있었다.

"서울을 몇 차례 오르내리면서 알게 되었죠. 지방 대학 학생들이 왜 서울로 떠나려 하는지를. 수도권 대학과 지방 대학은 정보에서 벌써 급이 달랐습니다. 헤비급과 밴텀급 선수를 한 링에 올려놓은 것과 같았다 할까요. 지방에서 접하는 취업 정보라고 해야 저녁

9시 뉴스에도 못 미치는 수준이란 말이죠."

조금 더디게 가더라도 승민 씨는 그 대열에 끼고 싶지 않다고 했다. 이제 종강도 했으니 자전거를 타고 전국 일주부터 할 거라며.

"여유가 생겨 그런 건 아니고요. 지방 대학 출신이어서 홀대를 받아야 한다면 기꺼이 감수하겠다는 겁니다. 그리고 아직은 실패한 사람들의 이야기를 더 많이 들어 보고 싶기도 하고요. 금수저, 은수저, 흙수저란 말이 괜히 나왔겠습니까."

안타깝게도, 청주에서 만난 대학생 여섯 명 중 취업은 크게 걱정하지 않는다고 말한 사람은 정희원(서원대학교 호텔외식조리학과 3학년) 씨뿐이었다.

"진학을 앞두고 고민 많았어요. 대학을 꼭 가야 하는가 하고. 시간을 허비했다는 생각은 들지 않아요. 나름 배운 것도 많으니까요. 약간 우려스러운 점은 텔레비전에 음식 프로그램이 부쩍 많아졌다는 거예요. 셰프들이 출연하면서 경쟁률도 높아졌고요."

희원 씨가 살짝 미간을 찌푸렸다. 취업을 앞둔 외식조리학과 학생들에게 썩 좋은 현상은 아니라며…….

그는 바다로
출근한다

아홉번째이야기

○　　○　　○

구룡포중학교를 지나 가파른 해안도로로 접어들었다. 바다에서 뭍으로 연결된 선로 위에 두 척의 배가 정박해 있다. 가까이 다가가 보니 고장 난 배들이다. 망망대해를 누비다 육지로 끌어올려진 탓인지, 아침 안개가 걷히는 구룡포조선소는 삭막함이 느껴졌다. 고장 난 선박을 수리하는 작업장이 뻥 뚫린 하늘과 바다뿐이다.

3부, 노임

"여름엔 난장에서 불볕더위와 싸우고, 눈보라 치는 겨울엔 허허벌판이나 다름없다 아인교. 1년 내내 해풍을 맞아 가며 일하는 곳이라 천식을 달고 사는 사람들이 쌨고요."

구룡포에서 나고 자란 황일천 씨의 첫마디다. 낭만의 바다는 한갓 풍경에 지나지 않았다.

"서른네 살이 되던 해 아버지가 돌아가셨는데, 그때 살짝 겁이 좀 나긴 했소. 어머니를 부양할 임무가 내 발등에 떨어졌지 뭐요."

　　　　　　　　　　그래도, 살아갑니다

"부친도 선박 관련 일을 하셨나요?"

"목선(木船) 선실을 짓는 기술자였소. 나도 아버지를 따라 일찍 그 길로 들어섰고요. 글치만 내 인생은 실패한 거나 다름없소. 벌이가 선찮다며 아내가 집을 나가 버렸지 뭐요. 아들만 데리고 말이오."

"아들을 마지막으로 본 게 언제였나요?"

"네 살 때였소. 사진이라도 한 장 남겼더라면 좋았을 텐데⋯⋯. 그것이 제일 후회가 되오. 핏줄이라곤 그때 본 아들이 전부란 말이지."

성년이 지났을 아들 때문인지 일천 씨가 멍하니, 바다만 바라보았다. 같은 작업장에서 일하는 죽마지우 오정남 씨가 친구를 위로하고 나섰다.

"암만 생각해도 일천이는 이름을 잘못 지은 거라. 이름부터가 일천하다 아인교. 그리고 이런 일하는 사람들의 처지자 거기서 거기라. 가족과 오순도순 사는 치들이 몇이나 되겠는교. 둘 중 하나는 빈 술병처럼 늙어 간다 아이가. 나이도 얼추 반백을 넘겼으니 코 막히고 기막힌 세월이지 뭐!"

항구마을에서 벌어지는 가족 문제와 남녀관계, 낙태 등을 다룬 스웨덴 영화 《기항지》가 스쳐갔다. 1948년 잉그마르 베르히만 감독이 제작한 《기항지》는 우리나라에서 《항구의 거리》로 상영되었는데, 등장인물들이 조그만 항구마을에서 외롭고 소외된 채 살아가는 모습이 구룡포조선소의 일상과 맞물려 돌아갔다.

'어쨌든등 똑 부러진 기술을 배워야 배곯지 않고 산다'며 부모들이 어린 자식의 등을 떠밀던 시절, 일천 씨도 아버지를 따라 목선 만드는 곳을 기웃거렸다. 하루빨리 취업해 입 하나 더는 일이 효도라고 믿었다.

"등 너머로 훔쳐보는 조선소 현장이 슬프긴 하더라고. 그때 겨우 열여섯 살이었단 말이지."

조선소를 기웃거린 지 석 달 만이었다. 일천 씨의 행동거지를 지켜본 조선소 사장이 마침내 고개를 끄덕였다.

"내일부터 일하러 나오라는 사장의 하명이 떨어졌으니 얼마나 기뻤겠소. 만세삼창이라도 외치고 싶었소. 드디어 어른들 세계로 들어간 것이오."

잠을 설친 일천 씨는 출근과 함께 부지런히 손을 놀렸다. 기술자들이 부르면 냉큼 뛰어가 필요한 도구를 건네주었고, 바닥에 나뒹구는 연장들을 하루에도 수십 번씩 정리했다.

"서너 달 지났을까, 월급날 사장이 500원을 주는데 안심이 되긴 했소. 적어도 쫓겨나진 않겠다는 생각이 든 거요. 대패와 끌, 도끼를 숫돌에 갈면서부터는 3,000원을 받았고, ㄱ자(尺)의 치수와 용도를 익힌 뒤로는 7,000원을 받았소."

"500원에서 7,000원을 받기까지는 얼마나 걸린 겁니까?"

"7,000원을 받았을 때가 스무 살이었으니 4년 넘게 일한 셈이요."

일천 씨 손에 3부 노임이 주어진 건 그로부터 1년이 더 지나

그래도, 살아갑니다

서였다. 정식 노임은 3부에서 시작해 10부로 이어지는데, 목선 한 척을 빨리 만들면 만들수록 더 많은 수입을 올리는 도급제 방식이었다.

"그렇다고 목선 건조를 벼락치기로 하는 목수는 보지 못했소. 도로 위를 달리는 자동차와 바다를 가르는 배는 다르단 말이지. 자동차는 사고가 나도 보는 사람이 많지만 배는 바다 한가운데서 사투를 벌이지 않소. 살아서 돌아온다는 보장도 없이 말이오. 그것이 바로 배 목수가 다짐하고 또 다짐하는 찻길과 바닷길의 엄연한 차이인 것이오."

5부, 고부

오전 8시, 하루 일과가 시작되는 구룡포조선소는 깡! 깡! 깡! 소리로 요란했다. 쇠망치로 선박의 표면을 두드리는 소리였다.

"여기서 망치는 병원의 청진기라. 두드려 보면 알 수 있소. 저장고에 탈이 났는지 선박 밑창에 문제가 있는지. 사람도 나이를 먹으면 시름시름 앓듯이 선박도 매한가지라. 노후화가 빠를수록 여길 자주 오게 돼 있소. 같은 배를 내 손으로 열여섯 번이나 고친 적도 있었소."

고장 난 선박을 두드리는 망치 소리가 멎을 즈음 작업장은 소음으로 바뀌었다. 선박의 녹을 제거하는 그라인더 소리, 용접 소리, 전동기 소리……. 다섯 명이 일하는 구룡포조선소는 역할 분담이 자연스럽게 진행되었다. 눈길을 끄는 곳은 선박 밑창에 붙은 따개비를 제거하는 일이었다.

"속력에 문제가 생겼다면 십중팔구 따개비가 그 주범이라. 제아무리 좋은 선박이라도 밑창에 달라붙은 따개비를 제거하지 않으면 속력이 떨어지기 마련이거든. 기름도 더 많이 잡아먹게 되고."

수면 위에 떠 있는 선박 밑부분을 육안으로 보기란 쉽지 않다. 2인 1조로 진행되는 따개비 제거 작업은 그래서 더욱 흥미로웠다. 조선소에서 제작한 기구로 따개비를 제거하면, 바닷물을 이용한 호스가 말끔히 씻어 냈다.

막걸리 한 병과 쥐포가 놓인 건물 안 기계실로 들어서자 일천 씨는 선박을 뭍으로 끌어올리는 준비를 하고 있었다.

"3부 노임을 받았을 때 배 목수를 꿈꾸지 않았나요?"

"처음엔 그랬지. 그리고 그때는 동네 처자들한테 배 목수 인기가 상당했소. 군수한테 시집갈 테냐, 배 목수한테 시집갈 테냐? 하고 물으면 배 목수가 먼저였단 말이지."

4부 노임을 받을 때였다. 20대 중반의 일천 씨는 진수(進水) 날만 손꼽아 기다렸다. 뭍에서 완성된 목선이 바다로 나가는 진수 날은 상다리가 부러졌다. 아버지뻘 되는 목수들과 술자리를 같이 하는 것도 즐겁지만 선주가 내미는 두툼한 봉투는 어깨를 으쓱하게 했다. 기술자들에게만 주는 특별 상여금이었다.

"열일곱 살에 술을 배워 안 가 본 곳이 없었소. 그중 가장 기쁜

날은 진수 날이었고. 난생처음 한복을 곱게 차려입은 여자가 따라 주는 술잔을 받아 보지 않았겠소. 노름하는 것도 배 목수 어른들과 어울리면서 배운 거요."

톱질과 대패질을 익힐 무렵, 일천 씨는 무척 긴장되었다. 목선 도면을 그리는 기회가 찾아온 것이다. 하지만 그의 승승가도는 더 이상 바람을 타지 못했다. 한 차례 태풍이 지나간 바다는 잔파도 소리만 요란했다.

"고부(5부)로 올라서야 기술자 소리를 듣는데 그 고개를 못 넘은 기라. 같은 기술자라도 장가든 놈부터 (고부로) 올려 줬다 아이가."

"많이 억울했나 보네요. 목선 도면까지 그리셨잖습니까."

"지금 생각하면 별것도 아니라. 처자식 있는 놈부터 승진시켜야 세상 도리 아니겠소?"

5부 능선에서 쓴잔을 마신 일천 씨는 무작정 길을 떠났다. 함께 자란 친구들이 장가들어 사는 걸 보면 가슴이 답답했다.

"여자 복이 없어 그런지 내 자신이 자꾸만 위축되지 뭐요. 그래 부산에서 충무로, 목포에서 군산으로 발길 닿는 대로 쏘다닌 거라. 그런데 하루는 이상한 생각이 들지 않겠소. 물고기가 물을 떠나 살 수 없듯이 내 발길도 항구 도시만 찾아 떠돌고 있는 거라. 마치 운명처럼 말이오."

집을 떠난 지 두 해만이었다. 구룡포로 다시 돌아온 일천 씨는 충무에서 들은 말을 하루에도 몇 번씩 되뇌었다.

그래도, 살아갑니다

'목선은 격파돼도 침몰되지 않는다.'

목선을 만드는 작업은 크게 세 단계로 나뉜다. 건조한 원목을 전기톱으로 절단해 선체의 중심이 되는 용골(척추)을 깔고, 늑골(갈비뼈)을 붙인 다음 송판을 비틀고 휘어 가면서 외판(살)을 완성시킨다. 풍랑의 바다에서 전사처럼 싸우려면 바람을 잘 견뎌야 하기 때문이다.

"목선을 만들 때 가장 중요한 부분은 균형이오. 어느 한쪽으로 손이 더 가서도, 덜 가서도 안 되오. 먼바다에서 균형을 잃는다면 어찌 되겠소. 목선 외판을 붙일 때 신중을 기하는 것도 그 때문이오. 전후좌우 무게 균형이 잘 맞아야 비로소 손을 놓을 수 있소."

6부, 노꾸부

배 목수에게 가장 어려운 고비로 알려진 5부 능선을 막 넘었을 때다. 노꾸부(6부)가 된 일천 씨도 가정을 꾸렸다.

"그때 기분이 어땠는지 궁금하네요."

"장가든 것 말이오?"

"네."

"일이 안 될라고 그랬는지 하필 그때 일본에서 이상한 배가 들어왔지 뭐요."

1985년 가을 무렵이었다. 일본에서 생산한 FRP(Fiber Reinforced Plastics; 섬유 강화 플라스틱) 선박이 국내에 선을 보이자 구룡포는 초상집 분위기였다. 원목으로 만든 목선과 비교해도 이렇다 할 단점을 찾아보기 어려웠다. FRP 선박은 무게가 가볍고 수명이 길며, 부패하지 않는 특징을 가지고 있었다.

"흔히 말하는 경쟁에서 밀린 거라. 목선은 360마력이 최고 속력인데 반해 FRP 선박은 700마력까지 가능했단 말이지. 가격도 목선보다 저렴한 편이었소."

무엇보다 FRP 선박은 갓 잡아 올린 물고기를 보관할 저장소가 따로 있어 선주들에겐 선호의 대상이었다. 바다에서 잡은 물고기를 활어로 내다 팔 절호의 기회가 찾아온 것이다. 반면 일천 씨는 하늘이 원망스러웠다. 일본에서 생산한 FRP 선박은 목선 기술자들을 하루아침에 막노동꾼으로 전락시킨 괴물 중에 괴물이었다.

"세상 변하는 게 잠깐이더라카이. FRP 선박이 들어오고부터 목선은 거들떠보지도 않는 거라."

헌 배에서 새 배로 갈아탄 선주들이 콧노래를 부르고 있었다. 실의에 빠진 일천 씨는 힘든 시간을 술로 버텼다. 맨정신으로 바다를 보고 있으면 어깨를 짓누르는 막막함을 견딜 수가 없었다.

"구룡포에만 배 목수가 50명 넘었는데 그때 많이 떠난 거라. 잔칫집이나 다름없던 진수 날도 잠잠해지면서 사는 게 영 아니었지 뭐."

20여 년을 묵묵히, 한길만 걸어온 일천 씨는 눈을 뜬 아침이 제일 두려웠다. 이제 어디로 가라는 것인가? 무얼 먹고 살라는 것

그래도, 살아갑니다

인가……? 뒤늦게 결혼한 일천 씨도 아비가 되어 있었다.

"우스갯소리 하나 해 볼까요. 나처럼 육십(60세)을 넘긴 집은 아(애)들이 별로 없다 아인교. 그 당시 국가에서 아를 못 낳게 하는 바람에 더 낳고 싶어도 낳을 수가 없었단 말이지. 그란데 이것도 가만 생각해 보면 국가가 참 잘한 것 같지 않소. 생기는 족족 다 낳았으면 무슨 수로 감당하겠소."

일천 씨가 말한 산아제한은 1960~1980년대까지 급격한 인구 폭발로 시행된 국가 정책 중 하나였다. '덮어 놓고 낳다 보면 거지 꼴 못 면한다.' '딸·아들 구별 말고 둘만 낳아 잘 기르자.' '루우프 피임법을 원하시는 분은 보건소나 가족계획 지도원을 찾으십시오.' 등의 포스터가 우리 사회를 풍자하곤 했다.

일천 씨와 그의 가족을 나락으로 떨어뜨린 FRP 선박의 문제점도 꾸준히 제기되었다. 2018년 제주도 해양경찰청은 FRP 선박에 대한 환경오염 실태 조사를 마친 후 그 문제점을 공개했다.

'FRP 선박은 가볍고 가격도 저렴하며 관리가 쉽다는 장점을 가지고 있다. 하지만 불길에 취약한 섬유 강화 플라스틱 재질로 건조되어 화재가 발생하면 인명 피해가 커질 수밖에 없다. 뿐만 아니라 FRP 선박은 폐기 비용이 많이 들고 재활용이 불가능해 환경오염에도 심각한 수준이다. 지난 7~8월 두 달 동안 집중적으로 단속을 벌인 결과 해안가에 무단으로 방치된 FRP 선박 198척이 발견되었다.'

FRP, 그 후

"이 나이 되도록 살아 보니 참 우습지 뭐요. 30년 전 그때는 저것 (FRP 선박)이 내 인생을 망친 원수 같았는데 지금 그걸 고치고 있으니……. 세상 더럽고 웃기는 거 아인교?"

바닷가 쪽에서 FRP 선박을 수리하는 동료들을 바라보며 일천 씨가 쓸쓸한 표정을 지었다. 철썩이는 파도에 그간의 회환이 고스란히 묻어났다.

1985년 선을 보인 FRP 선박은 구룡포에 적잖은 상처를 남겼다. 배 목수로 생계를 꾸려 온 50명 중 40여 명이 고향을 떠났고, 일천 씨처럼 가족이 뿔뿔이 흩어지는 아픔을 겪었다.

"목선을 만들던 배 목수에서 플라스틱 선박 수리공으로 이름표가 바꼈으니 내 신세가 어땠겠소. 한 병이 두 병 되고, 두 병이 세 병 되고……. 시커멓게 타들어 가는 속을 달래 주는 건 술밖에 없더라카이."

마음을 다잡은 건 아내와 아들이 떠난 뒤였다. 더 이상 목선을 찾는 사람이 없자 일천 씨도 지금의 구룡포조선소로 출근했다.

"물에 있어야 할 배가 여기까지 끌려온 걸 보면 가슴 아프지 뭐. 부서지고 병들지 않았다면 뭍으로 끌려나올 일이 없잖소. 그래 나도 같은 심정으로 수리를 한다 아이가. 잘 고쳐 줄 테니 다시는 뭍으로 올라오지 말고 물에서 오래오래 지내라고 말이요. 사람이나 배나 제 살던 데서 살아야 행복하지 않겠소?"

그래도, 살아갑니다

담배를 피워 문 일천 씨의 탄식에서 동병상련의 아픔이 읽혔다. 그동안 수백 척의 배를 고쳐 바다로 돌려보냈지만 정작 자신의 몸은 돌보지 못한 것이다. 초창기 때는 선박 수리 작업을 하던 동료가 바닥으로 떨어져 사망하는 일도 있었다.

"이 일이 기가 막힌 게 고정적으로 받는 월급이 없다 아인교. 오늘처럼 일이 있으면 벌고, 일이 없으면 빈털터리 신세라."

구룡포읍 병포리에 자리 잡은 '구룡포조선소'에 뉘엿뉘엿, 하루해가 저물고 있었다. 바다 쪽을 응시하던 일천 씨의 시선도 살 부러진 우산처럼 접히고 말았다. 오늘은 4만6,000원을 벌었지만 내일을 알 수 없기 때문이다.

"내 마지막 소원이 뭔 줄 아시오? 그때 그 시절로 딱 한 번만 돌아가, 이 손으로 멋진 목선 한 척 만들어 바다로 띄워 보내는 것이오."

동네북 치듯이
이리저리

열
번
째
이
야
기

○　　○　　○

'지방 병원은 열악한 근무 여건에 인력 구하기가 힘들다. 높은 노동 강도에 예민해진 병원 노동자는 위계질서 속에 손쉽게 하급자를 할퀸다. 신입 간호사는 혼자 감당할 수 없는 숫자의 환자를 간호하며 실수를 연발하고, 쏟아지는 질책에 이내 자존감을 잃는다. 본인 업무와 신입 간호사 교육을 병행해야 하는 경력 간호사에게 쏟아지는 압박감은 교육과 '태움(직장 내 괴롭힘)' 사이의 경계를 흐릿하게 만든다.'

— 《경향신문》 2019. 2. 16.

'중소병원 간호사가 부족한 것은 단순한 임신이나 출산, 육아 문제가 아니다. 간호사 쏠림현상이 가장 큰 문제다. 수도권 병원에 취업하기를 원하는 간호사들은 1년씩 대기하는 경우도 부지기수다. 지방 병원 처우가 개선되지 않으면 아무리 교육을 시켜도 근본적인 해결이 어렵다.'

— 2015년 김옥수 간호협회장 기자간담회 중에서

　　　　　　　그래도, 살아갑니다

오후 7시 약속이 30분가량 늦춰졌다.

지난 6월, 부산의 C병원에 입사한 한나영 씨는 처우개선을 위한 파업 집회를 마치고 오는 길이라며 애써 웃어 보였다.

"요즘 제 마음이 병원을 그만둘까 말까, 왔다 갔다 해요. 간호학을 공부할 때만 해도 의료는 전문직에, 세계 어디를 가든 필요한 일일 거라 생각했는데 제 꿈이 너무 컸나 봐요. 다들 시간에 쫓겨 그런지 간호 일을 자세히 안 가르쳐 주더라고요. 이해가 잘 안 되니 행동이 더뎌지고 나중엔 자신감마저 잃게 되고요."

외과 입원병동에 근무하는 나영 씨의 첫 번째 실수는 주사에서 비롯되었다. 환자의 팔에 놓아야 할 주사를 배액관(drain line)에 놓다 이를 본 고참 간호사가 뛰어온 것이다. 그날 나영 씨는 근무가 끝나도록 호된 질타를 받아야 했다.

"한바탕 엉엉 울고 싶은데 그럴 시간조차 주지 않고 몰아붙이지 뭐예요. 뼈에 사무치도록 말이죠."

두 번째 실수는 환자의 소변줄에서 발생했다. A환자의 소변줄을 뺀다는 게 그만 B환자의 것을 빼고 말았다.

"변명처럼 들릴 수도 있겠지만 데이 근무(오전 7시부터 오후 3시까지 하는 근무)는 정신이 없어요. 실수를 해 욕먹더라도 다음 환자를 봐야 하니까요. 환자들에게 너무 미안하죠. 결국 손해를 보는 건 죄 없는 환자들이잖아요."

입사 6개월째로 접어든다는 나영 씨의 얼굴이 몹시 지쳐 보였다. 데이 근무는 오전 7시부터 시작되지만 실상은 그렇지 못했다. 새벽 4시경 잠에서 깨어 병원에 도착하면 5시 30분. 정상 근무시간까지 나영 씨는 환자들 수액, 알레르기 반응, 시술과 수술에 필요한 것들을 미리 챙겨야 한다.

"생각보다 출근이 빠른 편이네요. 오전 5시 30분부터 7시까지 일하는 부분은 수당이 지급되나요?"

"아니요. 병원 구조가 그래요. 고참 간호사의 한마디는 곧 법이나 다름없어요. 저처럼 신참 간호사는 걸으면 안 되고요. 환자가 찾을 때도, 고참 간호사들이 부를 때도 무조건 뛰어가야 해요. 새벽 5시 30분부터 오후 3시까지 한순간도 긴장을 놓아선 안 되는 구조죠. 군대와 비슷하다고 보면 돼요. 출근 때 입고 나간 옷이 그새 땀으로 흠뻑 젖기 일쑤니까요."

외과 입원병동은 또 수술 환자에 따라 전쟁 아닌 전쟁이 벌어지곤 한다. 수술을 앞둔 환자나 수술을 마친 환자가 병실로 들어오면 나영 씨의 손놀림도 그만큼 빨라질 수밖에 없다.

"혈압과 혈당 체크해야죠, 금식 알려야죠, 피검사 해야죠……. 몸이 두 개라도 모자라요."

마치 그 시간을 맞은 듯 나영 씨가 고개를 설레설레 저었다.

의료행위에 '상대적 간호행위'라는 것이 있다. 간호사는 의사의 지시를 받아 움직이는 사람이라는 의미다. 그렇지만 환자들 중에는 몇 번을 설명해도 이를 이해 못하는 경우가 더러 있다. 이를 테면 환자 쪽에서 영양제를 놓아 달라고 했을 때다. 애석하게도 나영 씨가 할 수 있는 거라곤 잠시만 기다려 달라는 말밖에 할 수 있는 게 아무것도 없다. 그리고 이런 일을 겪을 때 나영 씨는 비애감마저 들곤 한다.

"영양제 하나 해결해 주지 못하느냐고 제게 퍼붓던 환자들이 의사가 나타나면 어떤 반응을 보이는지 아세요? 간호사한테 막무가내였던 환자들이 글쎄 의사한테는 예, 예, 하며 입도 벙긋 못하는 거 있죠. 마치 동네북처럼 이리 치이고 저리 치이고, 하루에도 그만두고 싶을 때가 한두 번이 아니에요. 화장실 갈 시간이 없어 아예 물을 안 마시고 근무할 때가 많단 말이에요. 정 급하면 1인실에 입원 중인 환자 혈압 재러 갈 때 양해를 구한 뒤 그곳 화장실에서 해결하고요."

이유는 알 수 없지만 최근 들어 병원에 입원 환자가 줄었다고 했다. 나영 씨는 지금이 딱 좋다며 알듯 모를 듯 미소를 지었다.

"티타임은 원하지 않아요. 식사를 마친 뒤 양치할 시간만 주어져도 감사한 일이니까요. 그동안 제가 얼마나 숨 가쁘게 달려왔는지, 입원 환자가 줄면서 그걸 돌아보는 계기가 되었고요."

입사 후 세 번째 힘들었던 사건은 환자가 수액이 잘 안 들어간다며 나영 씨를 향해 수액주머니를 내던진 일이었다. 나영 씨로서는 딱히 방법이 없었다. 먼저 죄송하다고 사과한 뒤 해결책부터 찾아야 했다.

"제가 잘못한 건 맞지만 박탈감이 들기도 하죠. 왜 나는 의사나 환자들에게 당하고만 사는가 하는…….”

수액 튜브가 꼬여 발생한 문제를 해결하고 간호실로 돌아온
나영 씨는 터져 나오는 눈물을 참지 못했다. 학교에서 배운 대로
환자들에게 더 잘해 주고 싶지만 의료계의 현실은 열정과 절망이,
긍정과 부정이 엇갈린 만남처럼 교차했다. 더욱이 데이·이브닝·나
이트로 돌아가는 3교대 근무는 간호사끼리 서로 탓하고 미워하는
일까지 생기게 되었다.

“두 달 전 간호사 한 명이 빠져나가 여섯 명이 할 일을 다섯 명
이 하고 있는데요. 저라고 뭐 마음이 좋겠습니까. 중간에 간호사가
퇴사하면 그 짐을 남은 간호사들이 다 떠안아야 한단 말이죠. 빈자
리가 언제쯤 채워질지, 그 또한 알 수 없는 일이고요. 서로 말은 하
지 않지만 잔뜩 예민해져 있는 건 사실이에요.”

인구 1,000명당 간호사 수는 5.6명. 일본(11명), 미국(11.2명)
과 비교하면 절반 수준이다. 간호사 한 명이 약 178명의 환자를 담
당해야 하기 때문이다.

하루 평균 10시간(데이)에서 12시간(나이트)을 근무하는 나
영 씨는 자신의 적응 기간을 1년으로 잡았다. 1년만 무사히 잘 버
티면 지금의 갈등과 어려움도 차츰 수그러들 거라는 생각에서다.
그리고 나영씨는 환자들에게 너무 미안하다고 했다. 혈관 주사를
놓은 뒤 테이프라도 하나 더 붙여 드렸어야 했는데 바쁘다는 핑계
로 이행하지 못한 게 아쉽다고 했다.

“간호사가 돌아갈 곳은 환자들이 있는 병실 아닌가요? 그래서

ⓒ이강훈

더 미안하고 스스로 반성하는 것 같아요."

내 이름은 '신참'

2년 차까지 멋모르고 일했다는 J병원의 전선미 씨는 이제야 안정을 찾은 것 같다며 말문을 열었다.

"저는 대학을 두 번 다녔어요. 관광경영학과를 졸업할 무렵 평생 직업을 가져야겠다는 생각에 간호학과에 입학했어요. 하지만 곧 알게 되었죠. 간호사는 애증(愛憎)이 많은 직업이라는 걸. 첫 실습을 대학병원에서 했는데 간호부장이 버젓이 대놓고 말하지 않겠어요. 재는 곧잘 하는데 너는 왜 그 모양이냐고요. 졸업 후 대학병원을 지망하지 않은 것도 실습 때 까인 약간의 트라우마 때문이었죠. 간호실 분위기가 너무 비인간적인 데다, 한순간도 사람 냄새가 느껴지지 않아 대학병원에는 가고 싶지 않더라고요."

400여 병상을 운영하는 종합병원이라고 해서 크게 다르지 않았다. 1년 차 간호사가 시어미처럼 보였다.

"저만 빼고 하나가 된 분위기, 아마 겪어 보지 않은 사람은 모를 거예요. 첫 출근부터 설 자리를 잃고 말았으니까요. 반말은 기본이고 호칭마저 '신참'으로 부르지 않겠어요. 자신들은 김샘, 정샘 하면서 말이죠."

기분이 좋을 리 없었다. 호칭도 귀에 거슬렸다. 엄연한 이름을 놔두고 왜 남의 집 개처럼 부르는 것인지……. 당분간 너는 이 울

타리 안으로 들어올 수 없다는 강한 메시지처럼 들렸다.

"맞아요, 왕따. 저쪽에서 저를 받아 주지 않는 한 어쩔 수 없는."

누구 하나 친절히 대해 주는 사람이 없는 가운데 호된 신고식을 치른 선미 씨는 이를 악물었다. 살아남아야 했고, 살아남고 싶었다. 3개월로 예정된 수습 기간까지 만이라도. 왜 그런 말도 있지 않던가. 며느리 간호사는 좋지만 딸이 간호사인 건 싫다는. 세상은 여전히 그 통속의 굴레에서 벗어나지 못한 채였다.

"신참은 출근도 고참 간호사보다 한 시간 빠르더라고요. 오전 6시까지 출근해 병동 물품들 체크하다 보면 어느새 해가 뜨는데, 아무 생각도 나지 않아요. 밥을 먹었는지 어쨌는지. 오늘은 제발 혼나지 말자, 고참 간호사한테 막말 테러 당하지 말자, '그러다 너 사람 죽인다'는 소리 그만 듣자……. 입사하고 1년을 그렇게 보냈던 것 같아요. 이걸 견디지 못하고 퇴사하는 간호사를 여럿 보았고요."

간호사들 사이에서 발생하는 직장 내 괴롭힘을 일컫는 은어가 있다. '영혼이 재가 될 때까지 태운다'는 '태움'이다. 태움은 주로 대형 병원에서 선배 간호사가 후배 간호사를 교육한다는 명목으로 행해지는데, 미래가 있는 직업일 거라고 입사한 선미 씨도 이미 거쳐 온 과정이다. 무려 1년 동안 영문도 모른 채 왕따만 당한 기분이었다.

"1년쯤 지나 비로소 알게 되었죠. 간호사로 살아남으려면 고참 간호사들에게 아부쟁이가 되어야 한다는 사실을요."

이른바 고참 간호사들은 1년 차 간호사가 신입 간호사에게 존 댓말을 쓰는 것도 달갑잖게 여겼다. 위계질서 파괴는 곧 항명을 의 미했다.

"간호실 분위기를 온도로 측정하면 영하 10도쯤이요. 체감온 도는 그보다 훨씬 더 춥게 느껴지고요."

선미 씨도 신참 때 몇 차례 시행착오를 겪은 적 있다며 멋쩍게 웃었다. 혈관 주사를 놓다 실패한 경우다. 환자가 아기일 경우 긴 장과 두려움은 두 배로 늘어난다.

"요즘도 문득 생각하곤 해요. 주사가 만약 선물이 될 수 있다 면 환자들에게 세상에서 가장 아프지 않은 주사를 놔 드리고 싶다 는. 제가 서툴고 부족해서 생긴 아픔이잖아요."

이와는 반대로 알코올을 섭취한 환자를 만나면 휴대전화부터 꺼낸다. 녹취를 하기 위해서다. 알코올을 섭취한 환자가 간호사를 협박하는 일이 종종 벌어지는데, 3년 전 병실에서 술을 마신 환자 와 맞닥뜨린 선미 씨는 아무런 방어도 하지 못했다. 처음 겪는 일 이라 잘 모르기도 했지만 설마 환자가 간호사에게 폭력을 휘두를 거라곤 상상조차 못했다. 다급한 마음에 선미 씨는 환자의 담당의 를 찾아갔다. 하지만 별 소용이 없었다. 담당의는 환자를 보호할 의무가 있다는 말만 앵무새처럼 늘어놓았다.

"너무 답답한 나머지 화가 나지 뭐예요. 병실 옮기는 것도 안 된다, 퇴원 조치도 어렵다. 그럼 간호사는 뭐죠? 담당의 말대로라면 간호사는 술 취한 환자가 협박하고 폭력을 가하더라도 휴대전화로 녹취나 하며 상황을 견디라는 뜻이잖아요."

선미 씨가 다 식은 커피를 입으로 가져갔다. 그 모습이 출구를 찾지 못해 혼란을 겪고 있는 것처럼 보였다.

가장 길게 쉬어 본 3일

3교대 근무를 하는 선미 씨는 야근수당을 포함해 월 240만 원의 급여를 받고 있다. 그나마 자신은 다른 간호사들에 비해 나은 편이라고 했다.

"한 달에 나이트 근무를 6일 정도 하는데요. 야근수당이 없다면 180만 원이 될까 말까 해요. 그 돈으로 병원 가까운 데서 원룸 생활을 한다고 생각해 보세요. 월급의 얼마를 모을 수 있을까요? 물론 원룸 생활하는 간호사들이 부러울 때도 있죠. 이브닝과 나이트 근무를 마치고 나면 정말 피곤하거든요. 특히 겨울철에는 병원 가까운 데서 살고 싶은 마음이 간절하고요."

"이브닝 때는 어떠세요. 근무 마치면 자정 무렵 아닌가요?"

"병원 문을 나서는 순간 택시 할증료와 싸우는 편이에요. 저처럼 집이 먼 간호사들은 택시비로 들어가는 돈이 만만치 않거든요."

남들 다 가는 여름휴가를 제때 다녀온 적 있던가? 주말과 국경일을 마음 편히 누려 본 적 있던가? 어쩌다 간호사가 된 뒤로 명절을 보낸 기억마저 가물가물하다.

"간호사로 일하면서 가장 길게 쉬어 본 게 3일이었네요. 그것도 연차휴가를 사용해서 말이죠. 연애요? 사귀는 남자가 있긴 한데 너무너무 미안한 거 있죠. 간호사라는 직업이 달력의 빨간 숫자와 인연이 없잖아요. 여름휴가는 꿈조차 꿀 수 없고요. 대학 동기들 만나면 장난삼아 하는 이야기가 있어요. 나는 새벽에 출근하고, 오후에 출근하고, 밤에도 출근하는 여자여서 연애나 제대로 할 수 있을지 모르겠다는."

하나 더 있다. 다른 직장에 다니는 친구들이 말하는 점심시간이다. 모처럼 보는 친구들의 수다를 듣고 있노라면 선미 씨는 부러움을 감출 수 없다. 점심식사를 마친 후 갖는 커피 한 잔의 여유, 이 또한 다른 나라 이야기처럼 들렸다.

"마음은 늘 결혼도 하고 싶고 출산도 하고 싶은데 자신이 없네요. 결혼한 간호사를 보면 겁부터 나고요. 신혼의 단꿈은커녕 출산마저 어려울 거라는 생각이 먼저 들거든요. 같은 병동에 근무하는 간호사 두 명이 4개월 간격으로 임신을 한 적 있어요. 한 간호사만 임신했을 때는 잘 몰랐는데 두 명으로 늘어난 뒤에는 간호실에 찬바람이 불지 않겠어요. 분위기도 하루가 다르게 침체되고요. 나중에 다른 간호사가 유산을 하면서 예전의 분위기로 다시 돌아가긴 했지만 저한테는 너무도 충격적이었죠. 간호사는 임신을 해도 걱정 못해도 걱정이었으니까요. 축복받아야 할 결혼과 임신이 병원 측에서 보면 결코 반가운 선물이 아니었던 겁니다."

지방 병원에서 간호사 한 명을 채용하는 일이 그만큼 어렵다는 뉘앙스로 들렸다. 선미 씨가 다시 입을 열었다.

"지방 병원에서 중견 간호사를 구하는 일이 정말 쉽지 않거든요. 전문성에 비해 낮은 임금과 교대제 근무가 가장 큰 원인이 아닐까 싶네요. 병원이 먼저 변화를 보이지 않는 이상 간호사 부족 현상은 해결이 어려울 거라는 생각도 들고요. 다른 것도 아니고, 임신이 어떻게 정해진 숫자처럼 순번으로 정해질 수 있죠? 임신한 간호사들이 유산하는 걸 지켜볼 때면 얼마나 무서운데요. 벌써 한두 번 본 게 아니란 말이에요."

내년이면 스물아홉 살이 되는 선미 씨는 요즘 전문 트레이너를 통해 맞춤형 운동을 하고 있다. 지난여름부터 갑자기 체력이 떨어진 탓이다.

"교대제 근무가 지속되면서 바이오리듬이 깨진 것 같아요. 돈보다 건강이 우선이라는 생각이 들었고요. 건강한 몸으로 연애하고, 건강한 몸으로 결혼해야 건강한 아기를 출산할 수 있지 않을까요? 환자를 돌보는 간호사가 그걸 깜빡했던 겁니다."

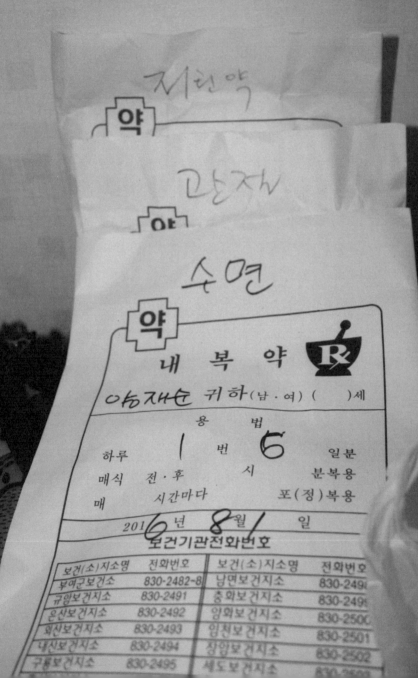

20만2,000원,
60만 원

열
한
번
째
이
야
기

○　　○　　○

숙소에서 나와 부여 읍내를 둘러보는 길이었다. 장수한의원 나무
의자에 제법 많은 사람이 앉아 있었다. 진료를 받으려면 한 시간은
더 기다려야 하는 시각이었다.

"홍산이나 임천처럼 버스가 수시로 다녀야 말이죠. 읍내에 한
번 나오려면 큰맘 먹어야 해요."

구룡, 석성, 충화면 등지에서 첫차를 타고 온 농민들이었다.

"자고 나면 몸이 말을 안 들으니 어쩌겠어요. 침이라도 한 대
맞아야 무릎도 덜 시리고 굽은 허리도 펴지는 걸. 첫차 타고 나온
사람들은 다행이죠. 병원에 가고 싶어도 못 가는 사람이 얼마나 많
은데요."

사는 게 괴로워요

복금리를 가려면 임천에서 버스를 갈아타야 했다. 부여읍에서 임
천면을 운행하는 버스는 20분 간격으로 교통이 원활한 편이지만,

충화면 복금리는 하루 다섯 차례뿐이었다.

부여읍을 떠난 지 한 시간여쯤 지나서였다. 40호 남짓한 마을에서 만난 양재순 씨의 첫마디가 화살처럼 박혔다.

"사는 게 괴로워요. 허리 아프지, 눈 안 보이지, 걷기 힘들지……. 제일 부러운 게 말 없는 무덤이죠."

출가한 2남 3녀는 서울과 인천에서 산다고 했던가. 고향에 자주 내려오느냐고 묻자 양재순 씨는 자기들도 사는 게 복잡하니까, 하면서 말끝을 흐렸다.

"나도 서울에서 지내다 이곳으로 온 지 20년 됐는데, 처음엔 못살 것 같았어요. 영감님이 곁에 있으니까 살았지."

충청남도 청양이 고향인 양재순 씨가 복금리로 시집을 온 건 열여덟 살 때였다. 100여 호이던 마을이 1980년대로 접어들면서 정적이 감돌기 시작했다. 폭풍이 휩쓸고 간 듯 젊은이들이 빠져나간 마을은 썰렁했다.

"서울에서 목수로 일한 영감님과 내려와 보니 동네가 다 죽어 있지 뭐요. 영감님마저 떠난 뒤로는 사는 게 괴로웠고요. 요즘도 영감님 사진 보면서 혼잣말을 해요. 나는 사는 게 이리도 힘들고 괴로운데 영감님은 참 좋겠다고요. 한갓진 데서 아픈 거 모르고 누워 계시니 얼마나 부러워요. 이렇게 사느니 일찍 가는 게 복이죠."

매일 오전 10시경 요양보호사가 방문한다고 말하면서 양재순 씨가 혀를 찼다. 다름 아닌 시간 때문이었다. 집안 청소와 세탁을 마치면 요양보호사는 바로 돌아가 버리고 만다.

"든 자리는 몰라도 난 자리는 안다잖아요. 얼굴 잠깐 내비쳤다 두 시간 만에 돌아가면 더 외롭고 고독하지요. 진종일 이야기 나눌 사람이 없잖아요. 잠에서 깼을 때 허둥지둥 방향을 못 찾고 헤맬 때가 있는데 그때도 서럽죠. 내 몸에서 혼이 다 빠져나간 것 같단 말이죠."

올해 나이 87세, 양재순 씨의 이야기는 끊어졌다 이어지기를 반복했다. 숨이 차는지 숨소리도 더 거칠게 들려왔다.

"인천에 사는 큰딸이 전화해서 매일 묻는 말이 있어요. 화장실에 잘 다녀왔느냐고. 싱크대 앞에 서 있는 것조차 힘드니 화장실 가는 건 오죽하겠어요."

양재순 씨의 방에서 화장실까지는 5m도 되지 않았다. 하지만 양재순 씨에게는 고역이 아닐 수 없다. 10여 년 전 노화로 인한 퇴행성 관절염 수술을 받고부터였다. 엎친 데 덮친 격으로 요추관 협착증까지 앓고 있는 양재순 씨에게 거동은 고통 그 자체였다.

"교통도 안 좋지만 버스도 못 타요. 다리에 힘이 있어야 차에 오르고 내릴 텐데 그 일이 죽기보다 힘드니……. 택시는 더 어렵지요. 읍내 병원을 한 번 다녀오려면 5만 원(왕복)은 줘야 하니 배보다 배꼽이 더 크고요."

이야기를 나누는 도중 눈에 띄는 게 있었다. 각종 약봉지와 119 직통 라인 전화기였다. 저걸 한 번이라도 사용해 본 적 있느냐는 말에 고개를 내저었다.

"택시 불러서 병원 갈 때는 한 번 타 보고도 싶지만 양심에 걸

그래도, 살아갑니다

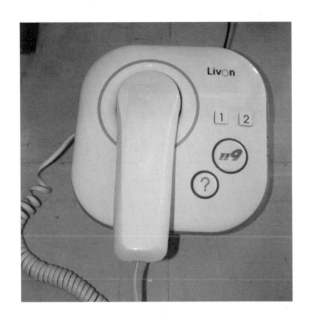

려 할 수 있나요. 나라에 빚이 많다면서요? 그러니 무슨 염치로 119 차를 타겠어요."

양재순 씨가 노령연금으로 받는 돈은 월 20만2,000원. 한 달 약값과 부식비로 들어가는 돈이 더 많다고 했다.

"20만 원이면 적지요. 다음 달부터는 기름보일러도 돌려야 하고요. 그렇지만 어쩌겠어요. 괜한 소리했다가 이거라도 안 주면 콩나물 구경도 어렵게 되잖아요. 뉴스를 보니까 양심들이 비뚤어지긴 한 것 같아요. 돈 있고 멀쩡한(생활에 불편함이 없는) 사람들까지 노령연금을 주면 힘든 노인들은 더 힘들어지잖아요. 전에는 안 그랬는데 우리나라가 양심이 무너진 거 같아요."

　하루 일과 중에서 밥해 먹는 일이 제일 힘들다며 한숨을 내쉰 뒤였다. 하루는 수제비가 먹고 싶어 밀가루를 반죽하다 그만두었다며 쓸쓸한 표정을 지어 보였다.

　"팔에 힘이 있어야 반죽을 하죠. 그날 이후로 밤도 더 길게 느껴지고, 안 먹던 수면제를 먹게 되고……. 팔십 넘은 노인들이 혼자 살기에는 모든 게 너무 힘들어요. 한 달에 한 번 보건지소로 약 타러 가는 것도 숨이 차니 어서 죽기만 바랄밖에요."

　2019년 보건복지부가 발표한 65세 이상 독거노인은 147만 명. 무연고 사망자 수도 2014년 1,379명에서 2018년 2,447명으로 최근 4년 동안 상승곡선을 그리고 있다.

벽 보고 먹는 밥

복금리에서 차로 20분쯤 달리자 팔충리가 모습을 드러냈다. 신행선 씨의 마당에 예초기가 널브러져 있었다. 사흘째 밤나무 밭을 예초하는 중이라고 했다.

　"스무 해 전이었나, 부여군에서 밤농사를 장려해 밤나무를 심었더니 갈수록 힘들구먼. 신통찮은 수확에 수매까지 애를 먹이니 참. 초창기만 하더라도 군말 없이 전량을 수매하는가 싶더니 어느 해부턴가 밤을 물에 담가 뜨면 죄 버리지 뭔가. 배가 부른 게지."

　신행선 씨의 밤농사 면적은 2,000평, 한 해 수입은 300여만 원. 이것도 품을 사지 않았을 때의 이야기다.

"2,000평 밤나무 밭의 풀을 다 베자면 나흘은 걸리는데, 사람 사서 예초를 했다간 본전치기도 어렵네. 하루 품삯으로 15만 원이 들어간단 말일세. 쌀 한 가마니(80kg)에 16만 원이니 하루 품삯 치고는 꽤 높은 편이지."

애를 먹는 건 수확기라고 해서 크게 다르지 않다. 손으로 일일이 밤을 줍는 일만도 40여 일, 일찍 수확하는 조생종에서 만생종에 이르기까지 밤나무의 종(種)이 다양하기 때문이다.

"밤 줍는 일당도 5만 원이니 머릿속이 복잡해질 수밖에. 밤 시세라도 좋으면 모를까 인건비와 생산비를 따져 보면 남는 게 없단 말이지. 수입 농산물이 들어온 뒤로 1만 원(1kg) 하던 콩이 4,000원으로 뚝 떨어졌으니 무슨 재미로 농사를 짓겠나. 다달이 연금 타 먹고사는 공무원들이 부럽지 뭐."

좋은 시절도 없진 않았다. 1970년대 후반, 신품종으로 통일벼가 막 들어왔을 때다. 200평 논에서 일반미 두 가마니를 수확할 때 통일벼는 네 가마니를 안겨 주었다.

"그때만 해도 집에 쌀만 있으면 농사지을 땅은 얼마든지 살 수 있었네. 쌀이 돈보다 더 귀한 때였단 말이지. 나도 그때 소작농에서 자작농으로 바꿔 탔는데, 마을에서 제1호로 구입한 경운기가 기반을 잡아 줬지. 땅에 농사를 짓는 것보다 보리 탈곡과 벼 탈곡을 해 주고 받는 품삯이 몇 배 더 많지 않겠는가. 그 돈으로 한 평 두 평 농지를 늘려 온 것이네."

하지만 신행선 씨가 미처 배우지 못한 게 있다. 밥 짓고 반찬 만들고 빨래하는, 가사였다. 해외여행을 다녀올 만큼 형편이 펴자 곁에 아내가 없었다. 팔십 평생 팔충리를 한 번도 떠나 본 적 없는 신행선 씨에게 아내의 빈자리는 너무도 커 하루하루가 한숨뿐이었다.

"밖에 나갔다 들어왔을 때 그때가 제일 힘들더구먼. 집에 불은 꺼져 있지, 밥도 혼자 먹어야지. 나이 여든에 처음 알았네. 혼자 먹는 밥은 배가 부르도록 먹기도 힘들다는 걸. 벽 보고 먹는 밥이 얼마나 고독한 줄 아는가? 밥 먹다 혼자 울어 본 것도 아내가 세상을 떠난 뒤였네."

밥 먹는 팀을 짜야겠다고 마음먹은 것도 그 일이 있은 뒤였다. 며느리와 딸들이 번갈아 반찬을 마련해 주고 있지만 신행선 씨는 혼자 살수록 외식이 나쁘지 않다는 걸 알았다. 마침 팔충리에 홀아비가 넷이어서 의기투합은 곧바로 이뤄졌다.

"일주일에 한 번꼴로 외식을 하는데, 며칠 전에도 홍산면에 나가 냉면을 먹고 왔구먼. 그동안 자식들 대학 공부 가르쳤으니 한 달에 네다섯 번 외식은 괜찮지? 사치랄까 봐 묻는 것이네."

그러면서 신행선 씨는 아내와 떠났던 마지막 여행담을 들려주었다.

"내가 워낙 여행을 좋아하는 편이긴 하제. 1992년부터 싱가포르, 태국, 홍콩, 말레이시아, 캄보디아를 다녀왔으니까. 그런데 가까운 중국을 빼먹었지 뭔가. 여행사에 전화 걸어 사정 이야기를 했

그래도, 살아갑니다

네. 내 아내가 다리를 수술한 뒤로 하반신을 못 써 그러니 휠체어를 준비해 줄 수 있겠느냐고. 성한 사람도 다니기 힘든 북경 여행을 휠체어를 밀면서 하고 돌아왔네. 생전 아내와 마지막 여행이기도 했고."

허탈하게 웃던 신행선 씨가 아내와 다녀온 해외여행 사진을 보여 주었다. 부부의 금슬이 한눈에 보였다.

"붙잡을 수만 있다면 무슨 짓이라도 다 하고 싶었네. 나를 이만큼 세워 준 동반자가 아닌가."

그랬던 아내가 떠난 지도 어느덧 다섯 해. 휠체어는 아직도 오토바이 옆에 놓여 있었다.

"다 버려도 저것만은 못 버리네. (손으로 휠체어를 가리키며) 아내의 두 발이었단 말이지."

앞으로 남은 생(生) 여행도 하며, 즐겁게 살고 싶다는 신행선 씨 집에서 나와 찾아간 곳은 부여읍에 거주하는 이복례 씨였다.

60만 원, 숨 좀 쉬며 사는 한 달 생활비

이복례 씨는 기초생활수급자로, 스물네 살에 남편과 사별한 후 50년을 줄곧 혼자 지내고 있다며 말문을 열었다.

"결혼 생활 다섯 해 만에 그런 일이 생겨 서울로 갔지요. 그런데 막상 서울도 내가 살 곳은 아니더라고요. 과자 만드는 공장에 취직해 일을 하는데 물이 안 맞지 뭐예요. 수돗물에서 나는 소독약 냄새를 견디지 못하고 1년 만에 부여로 다시 내려온 겁니다."

딸 다섯에 아들 하나, 친정 살림이라고 변변한 건 아니었다. 하루 두 끼도 어려웠다.

"동네 사람들 보기 부끄러웠지만 어쩌겠어요. 친정 말고는 갈 데가 없는데……."

어머니가 세상을 뜨자 이복례 씨도 고향을 떠났다. 부여읍에 셋방을 얻은 이복례 씨는 눈만 뜨면 금강 둔치로 나갔다. 지금은 4대강 공사로 옛 모습을 찾아볼 수 없지만, 그전까지만 하더라도 금강 둔치는 하루 벌어 먹고사는 사람들에게 일용할 양식을 주는 공간이었다. 금강 둔치에 수박, 참외, 단무지용 무를 대량으로 심어 일당 1만 5,000원을 손쉽게 쥘 수 있었다.

"어머니 돌아가신 뒤로 목표가 내 집을 갖는 것이었는데 아쉽긴 했죠. 4대강 공사로 고정적인 일터를 잃은 셈이었으니까요."

가사도우미와 여관 청소 일을 하며 근근이 지낼 때였다. 허리에서 시작된 통증이 발끝까지 저려 오자 이복례 씨는 서둘러 병원으로 달려갔다.

"건강보험이 안 될 때라 벌어 놓은 돈 많이 까먹었어요. 대학병원 병원비가 좀 비싸야 말이죠. MRI 찍고 영상치료 몇 번 받았더니 모아 놓은 돈이 밑 빠진 독에 물 붓는 것처럼 빠져나가지 뭐예요. 허릿병(요추관 협착증)이 그렇더라고요. 돈을 쏟아붓는데도 한 달 못 가서 도지는……."

이럴 때 남들처럼 자식이라도 하나 있다면 얼마나 좋을까! 골

20만2,000원, 60만 원

다공증이 찾아온 건 그 이듬해였다. 집을 나선 이복례 씨는 금강 둔치를 하염없이 걸었다.

"금강 둔치 원두막에서 소나무를 한참 쳐다보고 있는데 이 생각이 먼저 들지 않겠어요. 저 소나무에 목을 맨다면 모든 게 조용히 끝날 것 같은. 동기간들 힘들게 하는 것 같아 더는 살고 싶지 않더군요."

그렇게 원두막을 몇 차례 더 찾아갔을까. 이복례 씨는 짐작조차 하지 못했다. 원두막으로 향하는 발길이 우울증의 시초였다는 사실을.

"사는 게 사는 게 아니었죠. 우울증을 고쳐 보려고 대학병원만 2년을 다녔으니까요. 병원이 있는 대전에서 부여로 돌아오는 길이 왜 그렇게 서글프던지요. 버스가 부여로 가지 말고 어디 먼 곳으로 갔으면 했지요."

전기요금을 아끼느라 이복례 씨는 밥도 이틀분을 미리 지어 놓는다고 했다. 독거노인 생활 관리사가 가져왔다는 선풍기도 비닐에 덮인 채였다. 정부로부터 노령연금과 기초생활수급비를 지원받고 있지만 생활하기에는 턱없이 모자라 보였다. 병원비와 약값으로 들어가는 돈만도 한 달 생활비의 절반을 차지하고 있었다.

"일흔넷이면 나이가 많은 편은 아니잖아요. 그런데도 몸이 성한 데가 없네요. 경로당에 가 점심을 얻어먹는 것도 눈치가 보이고요. 몸만 성하면 설거지라도 해 줄 텐데 그조차도 마음뿐이니 너무 미안하고 염치없죠. 어떤 날은 눈치가 보여 밥도 잘 안 넘어가고

그래도, 살아갑니다

요."

　요즘도 마음이 울적할 때면 어머니의 묘지를 찾아 한바탕 울곤 한다는 이복례 씨와 식당에서 점심을 먹을 때였다. 한 달 생활비로 얼마쯤 있어야 숨을 쉬며 살 수 있겠느냐는 말에 60만 원을 제시했다. 그 정도는 있어야 사람처럼 살 수 있을 것 같다면서……

정밀세공 책임완수

열두 번째 이야기

○　　○　　○

1956년 문을 연 대구 교동시장은 부산의 국제시장과 닮은 점이 많다. 1970년대 보따리 무역을 통한 수입품과 군수품을 기반으로 호황을 누린 것이다. 한국전쟁 시기에는 양키시장이라고 해서 미제 군복, 수입 과자 등을 파는 곳으로도 유명했다. 현재는 귀금속, 전자, 조명, 구제의류, 수입 식품 상가들이 들어서 있다.

세공은 불의 마술

교동시장 귀금속 골목은 은은한 실내조명이 발길을 붙들었다. 반세기를 지켜 온 그곳을 지나 3층 건물 지하 계단으로 내려섰다. 방금 지나온 금은방으로 귀금속을 생산해 납품하는 세공 작업장이다. 그런데 두 곳이 전혀 다른 얼굴을 하고 있다. 금빛 물결로 출렁이는 보석점들은 휘황찬란한 반면 지하 세공 작업실은 은둔처나 다름없었다.

"너무 어둡지 않나요?"

　　　　　　그래도, 살아갑니다

"하루 이틀도 아니고 어쩌겠습니까. 그곳은 지상이고 이곳은 지하잖습니까."

계면쩍은 듯 김광주 씨가 힘없이 웃었다.

서너 평 남짓한 '빛광사'는 영화 속 한 장면을 연상케 했다. 막대기로 천장을 건드리면 쥐들이 우르르 쏟아져 내릴 것 같았다. 마흔 중반의 광주 씨는 그곳에서 10년째 일하고 있었다.

참으로 신기한 일이 벌어진 건 4~5분 지나서였다. 모터를 켠 광주 씨가 빠우(금속이나 돌의 표면을 매끄럽게 마무리하는 기계) 작업에 들어갔다. 애프터서비스로 들어온 반지와 목걸이었다. 광주 씨의 손을 거치는 동안 지하실은 반짝반짝 금빛 세계로 돌변했다. 수작업을 전문으로 하는 세공사답게 그는 놀라운 마술을 선보였다.

"그거 아세요? 자신의 손으로 만든 제품을 끝까지 책임지는 게 세공사의 의무이자 자부심이라는 거."

하지만 오늘은 때 빼고 광내는 일이 많았다. 애프터서비스로 들어온 귀금속 수리는 그만큼 돈벌이가 되지 않는다는 뜻이다. 광주 씨는 벌써 두 시간째 그 일에만 매달렸다.

4년 전 자신의 손으로 직접 만든 여성용 반지와 목걸이 수리 작업을 마친 후였다. 기지개를 켠 광주 씨가 작업대에 놓인 손가락 한 마디 크기의 쇳덩이를 집어 들었다.

"이제 시작하는 겁니까?"

"두어 시간 걸리겠네요."

담금질한 쇳덩이는 광주 씨의 손을 타면서 쇠망치로 두들겨 늘이고, 말고, 다듬는 일이 반복되었다. 무에서 유를 창조해 내려는 지난한 과정처럼 보였다. 또한 그것은 칙칙한 벽에 걸린 액자 속 사훈(정밀세공·책임완수)과도 잘 맞아떨어졌다.

"세공은 불의 마술이라는 소리가 있죠. 그걸 깨달은 게 10년쯤 지나서였는데, 잔손이 많이 가는 작업입니다. 불 조절과 함께 수백 수천 번 손이 가야 금덩이가 귀금속으로 탄생하거든요."

불에 그슬려 볼품없던 쇳덩이가 마침내 금붙이로 빛을 발하는 순간이었다. 한숨 돌린 광주 씨도 자리에서 일어나더니 다시 한 번 기지개를 켰다.

그것은 통과의례

경상북도 옥포에서 나고 자란 광주 씨의 최종 학력은 중학교 졸업이 전부다. 시계 수리를 하는 사촌형 소개로 교동시장에 첫발을 내디뎠다.

"그때가 몇 년도였는지 기억나세요?"

"1982년이요. 야간통행금지가 해제된 해라 기억하고 있습니다."

광주 씨의 나이 열일곱 살이 되던 해였다. '태창당'에 둥지를 튼 소년은 제련(담금질)—빠우(광내기)—난찝(알박기)—귀금속(완성) 과정을 거치는 데만 다섯 해가 걸렸다. 소년의 몸은 숙련공

그래도, 살아갑니다

들이 집어던지는 연장에 하루도 성한 날이 없었다. 자고 나면 흉터가 생긴 자리에 상처가 덧입혀졌다.

"그때는 통과의례처럼 받아들였던 것 같아요. 기술은 얻어맞으면서 배우는 거라고 알고 있었으니까요. 기술자들의 한마디 한마디가 곧 진리였던 거죠."

'국방부 시계는 거꾸로 매달아도 돌아간다'는 웃지 못할 유행어가 남발하던 시절이었다. 사회 초년생인 광주 씨도 견습공 시절을 그렇게 버텼다. 태엽만 제때 감아 주면 견습공의 시곗바늘도 숙련공을 따라 돌아가기 마련이었다.

"4만 원을 받았던 월급이 20만 원으로 껑충 뛰지 않겠어요. 하루아침에 벼락부자가 된 기분이었죠. 이제 더 이상 얻어맞을 일도, 눈치 볼 사람도 없다는 사실에 흘러내리는 눈물을 멈출 수가 없었고요. 지긋지긋한 감옥에서 석방된 기분이었습니다."

집을 떠나온 지 여섯 해 만이었다. 태창당에서 나온 광주 씨는 새 직장을 찾아 나섰다. 그러나 생각처럼 입에 딱 맞는 곳이 없었다. 사장이 좋다 싶으면 월급이 박했고, 월급이 괜찮다 싶으면 사장의 성깔이 마음에 걸렸다.

"세공사가 되면서 가장 여유로웠던 점이 뭔 줄 아세요? 절이 싫으면 중이 떠난다는 말처럼 언제든 짐을 쌀 수 있는 무기가 생겼다는 겁니다. 월급도 열 배 이상 뛰었겠다, 세공사를 찾는 업주가 널려 있었으니까요."

20대 중반, 한창 술맛을 알아 가던 때였다. 어디를 가든 월수입 100만 원은 보장되는 광주 씨의 눈에 비친 세상은 더없이 아름다웠다. 틈만 나면 세공하는 벗들과 어울려 당구장으로 술집으로 쏘다니기 바빴다.

"들국화가 부른 〈사노라면〉이던가, 그때 참 많이 불렀던 것 같아요. 젊다는 게 한밑천이고, 쩨쩨하게 굴지 말라는 대목에서 위안을 받은 거죠. 20대 후반에서 30대로 넘어가는 내 인생을 망쳐 놓는데도 말이죠."

"후회가 된다는 표정이네요?"

"꼭 그런 건 아니고, 혼술 마실 때 안줏거리가 되긴 합니다. 나름 화려하다면 화려했으니까요. 한 달에 보름만 일해도 월급봉투가 빵빵하던 시절이었거든요."

그 노래를 잠시 음미해 보았다. 광주 씨처럼 누구나 한 번쯤 좋아했을 노래였다.

사노라면 언젠가는 밝은 날도 오겠지
흐린 날도 날이 새면 해가 뜨지 않더냐
새파랗게 젊다는 게 한밑천인데
쩨쩨하게 굴지 말고 가슴을 쫙 펴라
내일은 해가 뜬다 내일은 해가 뜬다.

어쨌거나 한 시절을 후회 없이 보냈다는 그가 요즘은 〈지금은 라디오 시대〉에서 진행하는 '웃음이 묻어나는 편지'에 흠뻑 빠져

그래도, 살아갑니다

있다고 했다. 사연을 물으니 10여 년 전 빛광사로 다시 돌아갔다.

지하 '빛광사'

금은방을 전전하던 광주 씨는 마침내 '빛광사'라는 간판을 내걸었다. 보증금 500에 월 20만 원 하는 지금의 작업실이다. 세공업에 필요한 기구 값도 적잖게 들어갔다. 월급쟁이에서 자영업으로 핸들을 틀자 돈 나가는 일밖에 없었다.

그리고 이듬해 봄, 지인의 소개로 만난 여성과 살림부터 차렸다. 결혼식은 돈을 좀 더 번 다음 올릴 계획이었다. 그런데 왜였을까. 한겨울에 찬물을 뒤집어 쓴 것처럼 정신이 번쩍 들었다.

"막상 살림을 차리고 보니 장난이 아니더군요. 생활에서 오는 압박감이 가장 컸던 것 같아요. 하루에도 수십 번씩 월급쟁이로 다시 돌아가는 망상에 젖어 지냈으니까요."

"그때 나이가 얼마였는데요?"

"서른여덟이요."

세공을 비집고 들어온 액세서리(주얼리)시장도 광주 씨의 불안을 더욱 가중시켰다. 탄탄한 자금력을 바탕으로 정밀세공을 위협하는 액세서리시장은 그동안의 귀금속 시장을 한순간에 바꿔 놓았다. 수작업이 기계화를 따라갈 수 없는 현실 앞에 광주 씨는 잠을 이루지 못했다.

"주얼리시장이 판을 키우면서 제작 과정 자체를 뒤흔들어 놓았다 할까요. 가장 큰 변화는 한 사람이 모든 과정을 소화했던 세공작업이 분야별로 나뉘어졌다는 겁니다. 1,000도가 넘는 온도에 금을 녹여 주물 형틀에 부으면(첫 번째 단계), 거기에서 나온 금붙이를 깎고 때우고(두 번째 과정), 광을 내는(세 번째 과정) 순서로 말이죠."

갑작스런 변화는 그것으로 끝이 아니었다. 뒤이어 등장한 고속열차(KTX)는 지방 세공업에 백기를 들고 투항할 것을 요구했다.

"사는 게 무섭더라고요. 고속열차가 생기기 전만 하더라도 대부분의 귀금속이 각 지방에서 만들어졌거든요. 하지만 그것도 곧 무너지고 말았죠. 고속열차를 타고 상경한 금은방 주인들이 직접 서울에서 만든 귀금속을 들고 내려온 겁니다."

"고속열차 운행으로 수입이 얼마쯤 떨어졌나요?"

"반 토막이요. 그때부터 근근이 버티는 중이라고 보면 됩니다. 주얼리에 고속열차까지, 문 닫는 세공업체가 한두 곳이 아니었으니까요."

고속열차의 등장은 대구와 서울 간 거리를 1시간 40분으로 단축시키면서 커다란 파장을 일으켰다. 수도권으로 몰리는 쏠림현상이 두드러지면서 지방 도시의 경제는 갈수록 피폐해졌다.

"금값이 오르면 전쟁이 난다는 말처럼 세공업은 상당히 예민한 편입니다. 금은방 주인이 2할을 먹으면 세공업자는 1할을 먹는데, 어느 날부턴가 주문량이 뚝 떨어지지 않겠어요. 금값이 그만큼 올랐다는 신호인 거죠."

그래도, 살아갑니다

오전 8시경 자전거로 출근해 오후 9시에 퇴근하는 광주 씨는 일요일만 쉰다. 그가 벌어들이는 한 달 수입은 150~200만 원. 금은방 주인들에게 세공료를 뜯긴 적도 많았다.

"경기가 안 좋을 때 나타나는 불나방들이 있잖아요. 귀금속도 크게 다르지 않습니다. 알고도 속고 모르고도 속는데, 나처럼 단순한 머리를 가진 사람이 무슨 수로 그들을 이겨 낼 수 있겠습니까. 그렇게 뜯긴 돈만 수천만 원은 될 겁니다."

불나방들의 수법은 매우 단순하면서도 교묘하다. 한두 달은 기분 좋게 세공비를 완납하고, 그다음부터는 은행 이자를 갚는 식이다. 대출한 원금은 그대로 둔 채 말이다.

금을 다는 저울

광주 씨가 전자저울에 금을 올렸다. 순금을 구입해 세공하는 광주 씨는 본인이 직접 금·은·동을 섞어 18K(금 75%)와 14K(금 70%)를 만들어 내는데, 여기에 따른 비율은 0.1g의 오차도 용납되지 않는다. 완성품이 함량 미달로 되돌아올 경우 이 바닥을 떠야 하기 때문이다. 이처럼 세공업자들에게 금·은·동 비율과 함량은 면도날처럼 예리하다. 구매자를 속여서도, 속일 수도 없다.

"금을 다는 저울만큼 예민한 저울이 또 있을까 싶네요. 열 번 이상 달 때도 있거든요."

저울눈금을 확인한 광주 씨가 금·은·동을 도가니(금을 녹이는 도구)에 집어넣었다. 잠시 후 손가락 한 마디 길이의 금붙이는 세 마디로 늘어났고, 그사이 모양도 바뀌었다. 금붙이를 찬불에 집어 넣었다 뺀 광주 씨의 손놀림이 바빠졌다. 산소용접기로 달군 금붙이를 탕탕, 망치질하기 시작했다. 엿가락처럼 늘어난 금붙이가 엠보(링을 만드는 도구)를 거쳐 한 개의 반지로 탄생하기까지 그의 작업은 늘이고, 달구고, 찬물에 집어넣는 숱한 반복이 뒤따랐다.

"목걸이 작업은 어떤가요?"

"그물을 짜는 방식과 비슷합니다. 고리를 촘촘하게 연결하려면 시간도 꽤 많이 걸리고요."

평범한 반지는 하루 두세 개, 알을 박는 반지는 꼬박 하루가 걸린다는 광주 씨가 구둣솔로 손을 쓱쓱 털어 냈다. 텔레비전 드라마에서 집도의가 손을 씻은 후 수술실로 들어가는 장면과 흡사했다. 조금 색다른 점도 포착되었다. 광주 씨가 사용하는 서랍식 작업대 안에 반들반들 은빛 양철이 깔려 있었다.

"야스리(세공용 줄)로 작업하다 보면 손에 금가루가 떨어져 묻곤 합니다. 작업대에 구둣솔을 보관하는 것도 그 때문이고요. 한 달 기껏 모아 봐야 얼마 되진 않습니다. 그렇다고 세공사 중에 금가루를 훌훌 털어 버리는 사람도 없고요. 티끌 모아 태산이라는 말도 있잖습니까."

오가던 대화가 뚝 끊겼다. 반지의 링을 완성한 광주 씨가 여러 모양의 야스리를 이용해 알 박을 공간을 만들고 있었다. 하나에서 열까지 수작업으로 진행되는 세공사의 진면목을 지켜볼 유일한

그래도, 살아갑니다

정밀세공 책임완수

기회였다. 형광등 불빛 아래 드러난 광주 씨의 표정이 그 어느 때보다도 진지했다. 야스리와 핀셋, 목(木)집게를 번갈아 사용하는 반지의 알 박기는 그처럼 정적이 감돌았다.

광주 씨가 이마에 맺힌 땀방울을 닦을 때는 벌써 30여 분이 지난 뒤였다. 세공에서 가장 정교한 작업으로 알려진 알 박기를 마친 그가 비로소 입을 열었다.

"고객 중 누군가 반지에 박힌 다이아몬드나 진주가 빠졌다고 생각해 보세요. 세공사는 거기까지 염두에 둬야 합니다. 사치품 중에 반지와 목걸이만큼 소중한 것도 없을 테니까요."

그러고 보니 문득, 되묻고 싶었다. 우리는 왜 돌잔치에 금반지를 들고 가는 걸까? 사랑하는 연인들은 어떤 이유로 커플반지를 하는 걸까? 결혼을 앞둔 신랑신부는 또 어떠한가? 서로의 손가락에 반지를 끼워 주며 행복한 미래를 다짐하지 않던가. 세공사 광주 씨도 그 점을 잘 알고 있었다. 금처럼 변하지 않는 사랑과 부귀를 세공에 담아야 한다는 것을!

고온에서도 거의 산화되지 않는, 귀금속 반지에 알 박기를 마친 광주 씨가 손바닥 크기의 현미경을 꺼내 확인 작업을 하고 있었다.

"손이 정말 많이 가네요."

"못을 사용하지 않고 집을 짓는 목수처럼 세공사도 크게 다르지 않습니다. 금 외에는 절대 사용하지 않거든요."

중학교 졸업 후 25년 동안 금만 주물럭거렸다는 광주 씨가 자신 있게 웃었다. 돈벌이에 대해 물으면 시무룩한 표정을 짓다가도 세공 이야기를 할 때면 눈빛이 달라졌다. 그도 그럴 것이 광주 씨의 손만 타면 그 어떤 쇳덩이도 눈부신 광채를 발산했다.

"눈은 괜찮나요?"

작업대 위에 설치한 두 개의 형광등도 모자라 작업용 스탠드까지 사용하는 광주 씨의 시력이 걱정되었다. 보통의 집중력으로는 어려운 작업이었다.

"시력검사를 해 보지 않아 잘 모르겠네요. 일을 마치고 밖으로 나가면 주변이 컴컴할 때가 있긴 합니다. 한번은 밥을 먹다 식탁에 놓인 숟가락을 집지 못해 헤맨 적도 있고요."

퇴근시간을 앞두고 밖으로 나오자 귀금속 골목은 더욱 화려한 불빛들로 거리를 수놓았다. 우두커니 서서 진열장에 놓인 귀금속을 살폈다. 기계작업과 수작업으로 완성된 귀금속을 분별하기란 생각처럼 쉽지 않았다. 그러나 분명한 사실은 한 개의 반지를 완성해 내놓으면, 누군가는 2할을 벌고 또 누군가는 1할밖에 벌지 못한다는 것이다.

○
○
○

인생
마지막 직장

열세 번째 이야기

○　　○　　○

'24시간 일하고 뺨 맞아도 참아야 하는 경비원은 현대판 머슴'
'출근길 아파트 주민에게 90도로 인사하는 경비원'
'일처리 미숙하다는 이유로 경비원 월급 안 준 아파트 대표자 무죄
판결'
'택배로 인한 갈등에 아파트 대표자 흉기로 찔러 살해한 경비원'
'경비 업무에 주차 관리까지 경비원의 이중고'
'고급 아파트 경비원 입주민 막말에 분신자살'
'아파트 경비원 그들의 실제 고용주는 누구인가?'

내일 봐요

2013년 8월, 서울특별시 노원구 상계동 L아파트 경비원으로 입사
한 최기범 씨는 숨이 턱 막혔다. 한 평 남짓한 경비실에서 휴식을
취한다는 건 불가능해 보였다.

　"하룻밤 경비를 섰더니 온몸이 쑤시더라고요. 한의원을 찾아

침을 맞았는데도 별 효력이 없고요."

이튿날 최씨는 아파트 소장과 경비원 반장에게 양해를 구한 뒤, 지하 배관실에 휴게쉼터를 만들었다.

"경비원 48명이 격일제로 근무하는 아파트에 경비원 휴게쉼터를 만든 건 내가 시초였죠. 근무 때야 어쩔 수 없더라도 쉴 때는 다리라도 펴야지 않겠어요."

그러면서 최씨는 대법원 판례를 예로 들었다. 휴게시간은 근로자가 근로 시간 도중에 사용자의 지휘·명령으로부터 완전히 벗어나 자유로운 이용이 보장되는 시간을 말한다. 하지만 최씨가 만든 휴게쉼터는 생각보다 열악했다. 찬바람이 숭숭 살갗을 헤집고 들어오는 공간에 낡은 침대가 덩그러니 놓여 있었다. 어느 날 잠에서 깼더니 쥐가 옆에서 자고 있더라는 최씨의 말이 더욱 실감 나게 다가왔다.

"격일제로 근무하는 L아파트의 경우 휴게시간이 8시간 주어지는데, 제대로 된 휴식을 취하는 경비원이 과연 몇이나 될까요? 휴게시간에도 야간 순찰을 돌아야 하니 급여를 낮추려는 고용주의 꼼수로 봐야지 않을까요?"

근무 때는 또 화를 참느라 속이 부글부글 끓어오르기도 한다. 경비원 조장과 반장의 무리한 행동 때문이다.

"조금만 허점을 보여도 자른다든가 재계약을 안 해 준다는 엄포를 입에 달고 사는 사람들이니 치사하고 더럽죠. 직장에서 반말은 언어 폭행에 해당한다는 걸 알면서도 꾹 참아야 하는 게 경비원의 숙명이고요. 손쉽게 들어갔다, 손쉽게 잘리는 게 우리나라 경비원의 현실이잖습니까."

아파트 주민들과의 마찰도 적잖은 스트레스로 작용한다. 최씨는 그중 세 가지를 꼽았다.

"경비 업무 중에서 제일 힘든 게 택배물 관리죠. 경비실이 비좁아 물건을 쌓아 둘 장소도 없을뿐더러, 16개 택배 회사로부터 무더기로 택배물이 들어온다고 생각해 보세요. 자칫 분실했다간 주민들과 두고두고 말썽거리가 되지 않겠어요."

입사 후 며칠 지나서였다. 최씨는 경비실 문을 아예 잠가 버렸다. 하루 70~80개가 넘는 택배를 도저히 혼자 힘으로는 감당할 수 없었다.

"택배로 인해 노이로제가 걸릴 지경인데 어떡하겠어요. 소장과 반장이 닦달하면 그만둘 각오도 돼 있었고요."

두 번째는 경비실에 아무런 통보도 없이 입주민이 이사를 갈 때다.

"그날은 아침부터 한바탕 전쟁을 치렀네요. 사다리차로 이삿짐을 내리려면 주차장 확보가 급하잖습니까. 그런데 글쎄, 주차된 차량 주인이 해외여행을 떠났지 뭡니까. 이사가 바쁜 세입자는 경비원한테 화풀이하느라 목에 핏대를 세우고요."

세 번째 어려움을 묻자 최씨는 그 현장을 직접 보여 주었다. 아파트 동(棟) 입구에 생활 쓰레기를 모아 놓은 곳이었다.

종량제 봉투가 쌓여 있는 그곳에 검은 비닐봉투가 몇 개 보였

그래도, 살아갑니다

다. 누군가 몰래 내다 버린 불법투기 봉투였다.

"입이 닳도록 이야기를 하는데도 매번 이런 일이 생겨 참 힘드네요. 아파트 화단에 버린 담배꽁초는 양반이고, 배달시켜 먹은 음식 찌꺼기를 봉투째 버린 철면피들이 한둘 아니란 말이죠."

최씨는 그때마다 이런 생각이 들곤 했다. 자신의 직업이 경비원인지 환경미화원인지 알 수 없는.

이야기 도중 최씨의 휴대전화가 울렸다. 아내에게 걸려 온 전화였다. 통화를 마칠 즈음 "내일 봐요"라는 최씨의 인사가 긴 여운을 남겼다. 오전 6시에 출근해서 이튿날 오전 6시에 퇴근하는 탓이었다.

50세는 추락하는 세대

"내가 근무하는 공오동(1005동)을 일컬어 '아오지 탄광'이라 부르죠. 경비원 한 명이 150세대를 맡고 있으니 머릿골이 좀 쑤시겠어요. 그런데도 이곳에서 4년째 버티고 있으니……."

최씨는 그걸 '토박이 연줄'이라고 했다. 노원구에서 나고 자란 터라 150세대 중 30세대는 서로 아는 얼굴들이다.

삼 남매 맏이로 태어난 최씨는 그의 나이 24세 때 아버지를 여읜 뒤 문방구를 차렸다. 가장의 소임이 버거웠지만 문방구는 호황을 누렸다. 서예 용품, 글라이더, 전기회로 등 학교 측과 사전 계약한 학습용 채택물품 덕이었다. 하루 200만 원이 넘는 매상을 올린

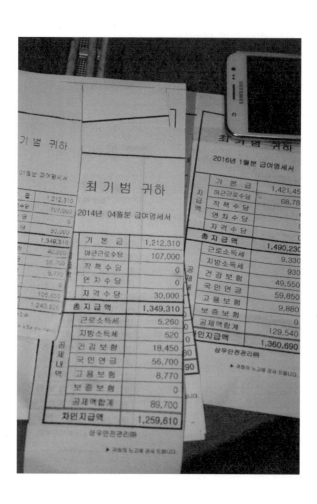

그래도, 살아갑니다

적도 있었다.

"문방구 장사는 등교시간 20분 전이 적기라 할 수 있죠. 하지만 그것도 잠시 잠깐이었어요. 학생 수가 줄면서 문방구들도 문 닫기 바빴으니까요. 고물상, 음료도매상 등을 찾아다니며 재기를 노렸지만 자금 부족으로 어려운 실정이었고요."

이제 무엇을 하나? 한국에서 50세는 이미 추락하는 세대였다.

"문방구를 했던 분들이 하나둘 경비원으로 들어가지 않겠어요. 구경 삼아 아는 분을 찾아갔는데 괜찮겠다 싶더라고요. 경비직을 너무 가볍게 봤던 거죠."

새벽 4시에 기상해 도시락 세 개를 들고 출근한다는 최씨가 급여명세서를 보여 주었다. 야근 수당을 포함 최씨의 실지급액은 136만 원이었다.

"경비직 급여가 최저시급으로 책정되어 아르바이트 수준이지요, 뭐. 이 월급으로는 서울에서 가장 노릇하기 힘들고요."

마땅한 쉼터가 없어 휴게시간에 의자에서 졸다, 그만 목이 뒤로 넘어가 사망한 경비원을 이튿날 아침 아파트 주민이 발견한 적 있다는 아픈 이야기를 들려준 뒤였다. 최씨 입에서 불쑥 '대타'가 튀어나왔다.

"집안의 장손이다 보니 부모님 제사 등 대소사 챙길 일이 좀 많겠습니까. 그렇지만 근무 날 대타를 세우려 해도 선뜻 용기가 나지 않더군요. 하루 대타 비용으로 들어가는 돈만 11만 원이란 말이죠. 지난해부터 명절과 여름휴가에 주던 떡값(5만 원)마저 끊겨 더욱 쓸쓸할 뿐이고요."

헤어질 때 최씨는 사계절 중에서 가을이 가장 반갑지 않다고
했다. 자고 나면 떨어지는 낙엽과 함께 전쟁을 치러야 하기 때문
이다.

저들이 '갑질'의 뜻이나 알겠소

압구정동 H아파트를 찾아가는 길은 무척 조심스러웠다. 2014년
10월 입주민의 폭언에 시달리던 경비원이 분신한 데 이어, 최근
휴대전화 문자로 해고 통보를 하면서 언론에 다시 언급되었기 때
문이다.

"나도 문자로 해고 통보를 받았는데 내용은 별것 없었소. 근로
계약이 만료되었음을 알리는 일방적 통보였소. 노동조합 측과 아
파트 대표자 측의 대화로 문제는 해결됐지만, 이런 걸 두고 '인권
유린'이라 하지 않겠소. 구두나 문자로 해고 통보를 하면 무효란
말이지."

가는 날이 장날이라고 박상열 씨의 표정이 잔뜩 부어 있었다.

"H아파트는 경비원 업무에서 주차 관리가 90%를 차지해요.
조금 전에도 30대 중반의 남자와 한바탕했는데 다짜고짜 차를 빼
달라며 고함을 치지 않겠소."

그나마 오늘은 초저녁에 일이 발생해 양호한 편이라고 했다.
한밤중에 주차 소동이 벌어지면 갈피를 잡을 수 없기 때문이다.

그래도, 살아갑니다

"H아파트는 30년 전 건물이라 주차장 시설이 형편없소. 그런 데다 몇억씩 하는 외제 차를 타고 다녀 주차할 때는 두 다리가 후들거리기 일쑤고요. 한 동료가 주차 중에 사고를 내 월급의 다섯 배가 넘는 1,200만 원을 배상한 적도 있단 말이지."

박씨가 근무하는 125동은 입주민 70세대에 차량은 200여 대로, 조금 전 박씨가 왜 주차 문제로 목청을 높였는지 그 심정을 알 것도 같았다. 한 가구당 차량만 무려 3대꼴이었다.

"억대 아파트에 억대 승용차를 굴리며 살아도 부럽다는 생각은 안 해 봤소. 분리수거 하는 걸 보면 대충 답이 나온다 할까? 종량제봉투에 대한 기본적인 인식조차 갖춰져 있지 않으니 더 말해 무엇하겠소. 입주민의 나이가 젊을수록 갑질 행패도 더 심하고요."

박씨는 그걸 인격 문제라고 지적했다. 나름 인격을 갖춘 사람은 택배도 본인이 직접 찾아가지만 그렇지 못한 부류일수록 실망감만 커진다면서.

"경비원이 무슨 힘이 있겠소. 그저 머슴 같은 삶을 견디는 수밖에. 인생 마지막 직장이 경비원 아니오."

지난해 가을이었다. 이틀 만에 나타난 아파트 주민이 박씨를 향해 막말을 퍼부었다. 받아 놓으라고 해서 받아 놓은 택배가 문제를 일으켰다.

"인터넷으로 주문한 과일이 시들었다며 그 잘못을 나한테 뒤집어씌우지 않겠소. 택배 하나 제대로 간수 못하는 주제에 경비실

그래도, 살아갑니다

엔 왜 앉아 있느냐며 말이오."

박씨도 물러서지 않았다. 노동조합에 가입한 뒤로 그만큼 시야가 넓어진 것도 사실이다.

"경비원 문제는 용역에서부터 풀어야 해요. 용역 회사들이 수주를 받을 때 단가를 후려쳐 덤핑 처리를 한단 말이지. 그 피해는 고스란히 현장에서 근무하는 경비원에게 돌아가고요. '파리 목숨'이라는 말이 괜히 나왔겠소. 나도 해고 통보를 받아 봐서 아는데 노조원이 아니었다면 입도 뻥긋 못한 채 당하고 말았을 거요. 아파트에 도둑이 들거나 화재 발생으로 해고를 시키겠다면 또 모를까, 주차 관리 문제로 해고시킨다는 게 말이 되오. 난 경비원이지 주차 요원이 아니란 말이오."

처우가 먼저냐? 자존감이 먼저냐? 박씨는 전자를 버렸다. 한때는 처우만 제대로 받는다면 그 어떤 모욕도 감내할 수 있다고 믿었지만, 실로 그것은 낙타가 바늘구멍을 통과하는 것보다 더 희박해 보였다.

"기대만큼 변하지 않는 게 무언 줄 아시오? 사람이오, 사람. 여기 사람들은 말부터가 곱지 않소. 마치 태어날 때부터 그랬던 것처럼 말이오. 그런 저들이 '갑질'의 뜻이나 제대로 알겠소. 경비원에게 화부터 내고 모욕을 주는 것도 아마 당연한 일로 여길 것이오. 그렇게 살아왔고, 또 그렇게 살아갈 사람들일 테니까 말이오."

박씨의 이 무거운 진언(盡言)을 어떻게 받아들여야 하는 걸까? 아내는 J아파트 파출부로, 자신은 H아파트 경비원으로 일하고 있다는 그의 말에 가슴이 먹먹했다. 잊을 만하면 재발하는 우리 사회의 갑질이, 완쾌가 불가능한 불치병처럼 여겨졌던 것이다.

"술은 벌써 끊었는데 담배는 더 늘었지 뭐요. 나이 지긋한 어른에게 이놈 저놈 소리를 들으면 참겠는데, 자식 같은 세입자한테 막말을 들으면 죽고 싶지 뭐요."

인생 마지막 직장

경비실에 걸린 벽시계가 저녁 10시를 향해 가고 있었다. 3월부터 동을 옮겨 근무한다는 박씨의 표정이 어두웠다. 각 동마다 껄끄러운 입주민이 있게 마련이듯 박씨는 그들과의 대면이 갈수록 버겁다고 했다.

"아파트 동마다 주민들 성격이 보통 달라야 말이지요. 젊은 세입자일수록 피하고 싶은 게 솔직한 심정이고요. 초저녁에 대판 싸운 세입자도 나이로 보면 내 아들뻘인데, 경비원을 '을'로 보지 않았다면 어떻게 멋대로 날뛸 수 있겠소."

사실 갑을관계는 계약서를 작성할 때 계약 당사자를 순서대로 지칭하던 법률 용어가 변질된 것이다. 갑과 을은 주종(주인과 종)이나 우열(나음과 못함), 높낮이를 구분하는 개념이 아닌 수평적 나열을 의미하기 때문이다. 그럼에도 불구하고 우리 사회에서는 상하관계나 주종관계로 잘못 인식되어 왔다.

설날 아침이었다. 연세가 지긋한 입주민이 경비실로 손수 떡

국과 음식을 가져왔다. 그만 눈시울이 붉어진 박씨는 2014년 10월, 분신자살한 동료 경비원의 얼굴이 떠올랐다. 각종 언론에서 입주민의 막말로 인해 경비원이 분신 사망했다고 보도되었지만 박씨는 고개를 내저었다.

"문제의 발단은 그게 아니었소. 5층에 거주하는 입주자가 비닐봉투에 넣은 음식(떡)을 화단으로 던져 준 게 화근이었단 말이오. 아무리 성자라도 던져 주는 음식을 개처럼 받아먹는 게 좋겠소. 그것도 바닥에 떨어진 걸 말이오."

그 일로 두 사람은 극과 극을 향해 치달았고, 비애감을 느껴온 경비원은 분신자살로 생을 마감했다.

"나도 여기서 얼마나 더 버틸 수 있을지 모르겠지만, 먼저 떠난 동료처럼 인생 마지막 직장이 더는 비참하지 않았으면 좋겠소."

이걸 또
언제 채우나

열네 번째 이야기

아침 7시.

고물상 문이 열리자 인근에 사는 할머니 할아버지들이 손수레를 앞세워 모여들기 시작한다. 작업복으로 갈아입은 고물상 주인의 손놀림이 바빠진다.

"56kg이니까 짐빠리 피 떨면 할머니는 2,500원. 자, 돈 받고…… . 다음 짐빠리 올려 보소."

쓰레기로 변한 폐지

액수가 많든 적든 고물상은 현금 거래다. 저울에 올려 무게가 정해지면 고물상 주인은 미리 준비한 1,000원권 돈다발을 꺼내 즉석에서 계산해 준다. 그런데 왜일까. 할머니 할아버지들의 표정이 밝아 보이지 않는다. 리어카에 실린 폐지를 고물상 입구 철판저울에 단 할아버지 한 분은 퇴계 이황 선생의 자화상이 박힌 지폐 두 장을 손에 쥐고 구시렁거린다.

그래도, 살아갑니다

"저놈의 저울을 믿을 수가 있어야지. 어제도 50(kg)이더니 오늘도 50이야."

과연 그럴까? 여남은 할머니 할아버지들이 현금 몇 푼을 손에 쥐고 집으로 돌아간 뒤였다. 고물상 주인에게 넌지시 물어보았다. 스무 해 넘게 고물상을 한다는 주인은 몇 해째 내리 절망의 곡선을 그리고 있는 우리나라 경제에 대해 거품을 물었다.

고물 시세로 돌아간 건 그러고도 한참 지나서였다.

"kg당 80원 하는 폐지는 절대 수지가 안 맞아요. 그런데도 노인들은 고물값이 좋았던 옛날만 자꾸 생각하죠. 어제는 어제고 오늘은 오늘인데 말입니다. 고물상도 좋은 시절은 다 간 것 같네요."

그런 시절이 있긴 있었다. 고물상에 주민등록증을 맡기면 리어카 한 대와 세탁비누 한 상자를 실어 주었던. 리어카를 끌고 나가면 적어도 세 끼 밥벌이는 걱정 없었던. 그리고 그때는 종이 한 장이 귀하던 시절이라 날 지난 신문을 차곡차곡 모아 정육점에 가져가면 고기 근도 떠올 수 있었다.

그런데 어느 날부턴가 고물이나 빈병, 헌 옷을 산다며 외치던 골목의 흥겨운 소리가 자취를 감추고 말았다. 고물상 주인은 그 무렵을 한국에 미국돈이 바닥나고 만, IMF 경제위기 때로 진단했다.

"그 귀하던 종이가 지금 쓰레기로 변했지 뭐요. 외환위기 전에 kg당 700원 하던 헌 옷값도 150원으로 뚝 떨어졌고요. 4~5년 전부터 고철값이 살아나기 시작했는데 절도죄로 감옥 간 사람들 많았어요. 그만큼 우리 사회가 벌어먹고 살기 힘들다는 증거 아니겠습니까? 난 그렇게 봐요. 절도범이 많은 나라는 먹고살기가 힘든 나라입니다.”

고물상 주인의 말대로 여전히 호시절을 누리고 있는 품종은 kg당 5,000원 하는 구리와 알루미늄새시(3,000원), 스테인리스, 신주, 양은 순이었다. 고철은 이렇듯 전쟁 시기가 아닌데도 예전 가격대보다 더 좋은 편에 속했다.

15년 전만 하더라도 흙과 돌을 제외하고 다 팔았다는 고물상 주인의 말을 끝으로 고물상을 빠져나온 건 오전 10시경이었다. 고물상이 문을 연 두 시간 반 동안 손수레를 앞세워 찾아온 노인은 정확히 27명이었다. 그중 할아버지는 6명, 나머지는 할머니들이었다.

고물상 주인에게 받아 가는 돈도 들쭉날쭉했다. 3,000~5,000원을 손에 쥔 사람들이 대부분이었고 가장 적은 액수는 1,200원, 가장 많은 액수는 1만2,700원이었다. 폐지를 주워 1만 원대를 넘어섰다면 고물상을 드나드는 사람치고는 고액이라 할 수 있다. 그 할아버지를 따라나섰다.

10시간 노동에 6,000원

“할아버지는 그래도 많이 버셨네요?”

“많이 벌긴. 꼬박 사흘을 모은 거야. 그러니 하루에 얼마씩이야? 4,000원이 조금 넘는가. 그러면 나한테는 적자야.”

　　　　　　　　　　그래도, 살아갑니다

"고물 줍는 일도 흑자와 적자가 있나요?"

"있고 말고. 하루 5,000원은 벌어야 우리 집 네 식구 굶어 죽지 않거든."

올해 칠순인 정씨 할아버지와 마주 앉은 건 정오가 가까워서 였다. 졸졸 따라붙는 게 귀찮았던지 할아버지는 초등학교 앞 가로 수 그늘에 빈 리어카를 세웠다.

"고물상을 나와 빈 리어카를 보면 어떤 생각이 먼저 드는 줄 알아? 이걸 또 언제 채우나……. 이 생각밖에 안 들어. 첫째는 일 흔이 다 되도록 목숨 부지하고 산 것이 잘못이고, 자식이 웬수지 뭐."

정씨 할아버지가 고물을 줍기 시작한 것은 6년 전이었다. 아 파트 경비원으로 10여 년을 일해 온 할아버지는 하루아침에 집을 잃어버렸다. 큰아들 때문이었다. 외환위기와 함께 섬유업계가 도 산 위기에 처하자 큰아들은 중국으로 눈을 돌렸고, 세 해가 다 지 나도록 늘어나는 건 빚뿐이었다. 초등학교에 다니는 어린 남매를 시댁에 맡겨 두고 며느리가 종적을 감춘 것도 그 무렵이었다.

"어린것들이 무슨 죄가 있나. 크는 아이들 공부는 시켜야겠기 에 동사무소를 찾아갔더니 나는 자격 요건이 안 된다(기초생활수 급자)지 뭐야. 아들이 갖고 있는 고급 승용차가 문제가 된 것 같아. 서운하긴 했어. 벌써 몇 년째 아들은 소식조차 알 수 없단 말이지."

큰아들을 생각하면 속이 상하지만 할아버지는 내색하지 않았 다. 고물을 주워 살아가는 동년배들에 비하면 자신은 사정이 나은 편이라고 했다.

"10년 넘게 아파트 경비를 한 덕이지 뭐. 아파트에서 나오는 고물은 내 차지라고 볼 수 있는데 고마울 따름이야. 그리고 컴퓨터를 주웠을 때가 제일 기분이 좋아. 오래된 컴퓨터라도 수출하기 때문에 값이 좀 나가는 편이거든. 대당 5,000원만 받아도 그게 어디야."

정씨 할아버지가 고물을 줍느라 보내는 시간은 하루 10시간. 이동거리는 20km 내외. 일과를 아침에 시작하는 직장인들과 달리 할아버지는 오후 4시부터 고물을 줍는다. 별다른 이유는 없다. 그 무렵에 나가야 퇴근을 앞둔 사무실에서 신문을 내놓고, 상점과 약국에서 종이상자를 내놓기 때문이다.

"사무실하고 가게들을 거쳐 아파트 서너 곳을 돌면 시간이 딱 맞아. 아파트는 아침하고 밤에 고물을 내놓거든."

물론 서너 곳의 아파트를 다 돌았다고 해서 일과가 끝나는 것은 아니다. 재수가 좋은 날은 서너 시간 만에 리어카가 채워지지만, 운수 사나운 날은 밤 10시가 지나도록 거리를 헤매고 다녀야 한다.

"밤에 잠 안 자고 주운 사람들은 고물상에도 아침 일찍 와. 하루 두 탕을 뛰는 셈이지. 벌이도 괜찮은 편이야. 오전하고 저녁때해서 두 탕 뛰면 최하 6000원은 되거든."

하루 10시간 노동에 손에 쥐는 돈은 6,000원. 결코 많은 액수는 아니다. 흔히 하는 말로 아이들 껌값에도 못 미치는 액수다.

그래도, 살아갑니다

가족해체가 주된 원인으로 자리 잡은 생계형 고물 줍기는 심리적인 압박도 만만치 않다. 늦은 밤, 힘에 부치는 손수레를 끌고 다닐 때면 도로를 질주하는 차량들이 무섭기도 하다. 정씨 할아버지도 지난해 9월 트럭에 치여 병원 신세를 진 적 있다.

내 계획은 한 달 40만 원이야

차량들이 꼬리를 무는 가로수 그늘 아래에서 정씨 할아버지와 짜장면을 배달시켜 먹은 뒤였다. 찾아간 곳은 재개발 이야기가 입에 오르내리는 내당동이었다. 한나절짜리 햇살마저 반나절로 빼앗긴 따개비주택 골목은 30도를 웃도는 더위에도 불구하고 을씨년스러웠다. 어느 골목 할 것 없이 잔뜩 움츠린 얼굴을 하고 있었다.

그곳에 살고 있는 조씨 할머니가 고물과 맺은 인연은 올해로 27년째. 열일곱에 시집와서 스무 살에 버림받은 할머니의 기구한 운명은 듣는 사람이 더 힘들었다. 남편이 네 명의 여자를 바꿔 가며 살림을 차리는 동안 할머니는 아들 하나만 바라보며 평생을 살아왔다. 그러나 세상살이가 맘먹은 대로 굴러가지 않았다.

"그때는 하늘이 꼭 장난을 하는 것 같았어. 아들을 결혼시켰더니 대를 이을 손이 안 생기고, 대를 이을 손이 생기는가 싶더니 이번에는 며느리가 줄행랑을 쳤지 뭐야."

중고 트럭을 구입한 아들이 채소장사에 재미를 붙이던 때였다. 이제 좀 살 만한가 싶었더니 장사를 시작한 지 두 해만에 교통사고를 당하고 말았다. 사경을 헤매고 있는 아들의 얼굴을 차마 눈뜨고 볼 수 없었다. 집 나간 며느리의 행방을 수소문해 봤지만 돌아오는 건 한숨뿐이었다.

"그래도 죽으라는 법은 없나 봐. 손녀 둘이 아니었다면 내가 먼저 세상 떴을 거야."

조씨 할머니의 박복한 신세 한탄은 그러고도 한참 동안 계속되었다. 기회를 엿보던 중 잠시 말머리를 돌렸다.

"할머니, 27년 전에는 어떠셨어요?"

"그땐 강냉이 한 자루에 50원 했어. 그걸 고무대야에 이고 안가 본 데가 없어. 그 당시는 쇳덩어리가 돈이 됐는데, 강냉이 이고 쇳덩어리만 찾아다녔어."

비록 흡족한 건 아니지만 고물만 열심히 주워도 먹고 살 수 있던 때였다. 급전이 필요하면 20만~30만 원은 고물상에서 빌려 쓸 수도 있었다. 그 호시절이 내리막길로 치달은 건 1997년 외환위기를 맞으면서부터다. 마치 시위라도 하듯 노인들이 거리로 쏟아져 나왔다.

교통사고로 뇌를 다쳐 장애 5급 판정을 받은 외아들과 중학교 2학년, 초등학교 5학년 손녀를 둔 조씨 할머니로서는 달갑지 않은 소식이었다. 외환위기 이후 고물을 주워 생계를 꾸리는 65세 이상 전국의 노인 수는 6만6,000명. 오전 6시부터 오후 9시까지 일해 버는 돈은 하루 1만 원 안팎. 그들은 곡예를 하듯 차도 위에서 아슬아슬한 삶을 이어 간다. 리어카는 인도로 갈 수 없기 때문이다.

그래도, 살아갑니다

인도로 운행하다 단속반에 발각되면 과태료 3만 원을 내야 한다.

"마땅한 일자리가 있나, 통장에 넣어 둔 돈이 있나. 예순만 넘으면 일할 곳이 없어서 그래. 모르긴 몰라도 IMF 때처럼 사는 게 팍팍했을까. 같이 늙어 가는 주제에 고물 주우러 나온 노인들을 만나면 말조차 걸기가 싫었어. 내 밥그릇을 빼앗는 것 같았거든."

하루가 다르게 늘어나는 거리의 노인들을 보면서 조씨 할머니는 방법을 달리하기로 했다. 가장 먼저 뜯어고친 건 고물을 줍는 시간대였다. 외환위기 전만 하더라도 할머니는 두 손녀를 학교에 보낸 뒤 집을 나서곤 했다. 그렇지만 외환위기 이후의 상황은 하루하루가 낭떠러지에 선 기분이었다. 그동안은 무럭무럭 크는 손녀들 바라보는 것만으로도 흐뭇하였고, 당신이 살아가는 유일한 낙이었으나 세상은 그 희망마저 앗아 가는 듯했다.

"그러니 어떻게 해. 늦어도 새벽 2시에는 일어나야 쓰레기차가 다녀가기 전에 내가 먼저 돌 수 있는 것을. 그렇게 한 바퀴 돌고 와서 아침밥 하면 딱 맞아."

고물을 줍는 시간대에 이어 다음으로 변화를 준 것은 분류작업이었다. 외환위기 전에는 그것이 폐지든 고철이든 많이만 주워 저울눈금을 높이면 되는 줄 알았다. 질보다는 양에 더 무게를 두던 때였다. 하지만 폐지값이 뚝 떨어지면서 사정은 달라졌다. 며칠을 궁리 끝에 내린 결론은 주운 고물을 차곡차곡 모아 닷새 주기로 고물상에 넘기는 것이었다. 조씨 할머니의 예상은 적중했다. 폐지는 폐지대로, 헌옷은 헌옷대로, 구리는 구리대로, 깡통맥주 껍데기는 껍데기대로 분류작업을 한 결과 할머니의 수익은 한결 나아졌다.

바꾼 것은 그것만이 아니었다. 고물을 줍는 대부분의 노인들이 비 오는 날을 꺼려한 반면 조씨 할머니는 일기예보쯤은 무시하기로 마음먹었다. 젖은 폐지라도 날 좋은 날 말려서 팔기로 한 것이다. 이웃들의 시선이 고울 리 없었다. 세 들어 사는 집 주인은 얼굴을 부딪칠 때마다 눈살을 찌푸리기 일쑤였다. 예전에는 주워 온 고물들을 그날그날 팔아 버렸으나 분류작업을 하면서부터는 집 안팎이 고물상으로 변해 가고 있었던 것이다.

"나도 사람인데 왜 모르겠어. 그렇지만 뾰족한 방법이 있어야 말이지. 동사무소에서 생활비 조금 나오는 것으로는 어림도 없어. 학교가 중학교만 있다면 지금이라도 당장 그만두고 싶지만 고등학교도 있고 대학도 있잖아. 집 나간 애들 어미야 이제 미운 정도 없지만 제 아비만 몸이 성타면 얼마나 좋아…….''

하필이면 찾아간 그날, 중학교에 다니는 손녀의 중고 컴퓨터가 고장이 나 애를 태우고 있었다. 할머니의 말마따나 저걸 또 고치려면 열 시간 이상 거리를 헤매야 할 판이었다. 그만큼 할머니의 노동시간은 시간으로 환산하는 일이 우스워 보였다. 수면으로 필요한 4~5시간을 제외하고는 고물 줍는 일에 헌신하듯 하루를 바치고 있었다.

"내 계획은 40만 원이야. 한 달에 40만 원은 벌어야 손녀들 먹이고 가르쳐. 그러니 어쩌겠나. 눈만 뜨면 거리로 나가야지."

그래도, 살아갑니다

무슨 준비는, 떠날 준비지

이튿날 만난 김씨 할머니는 함경남도 개마고원에서 태어난 실향민이었다. 함께 사는 아들 며느리와의 간격 또한 적절하게 그어 놓을 줄 아는, 자립심이 무척 강한 분이었다.

"내 나이 일흔셋이니까 준비는 해야겠지?"

"무슨 준비를요?"

"무슨 준비는, 떠날 준비지."

아들 며느리한테 손 벌리지 않고 누울 곳도 마련해 두었다는 할머니는 한결 편안해 보였다.

"몇 해 전부터 준비한 일이야. 장례 지낼 통장을 다 채우고 나니 걱정이 사라지지 뭐야. 떠날 준비를 마친 셈이지."

남편을 잃은 뒤 막내를 등에 업고 과자장사를 한 할머니는 고물 수입이 더 짭짤하다는 걸 알게 되었다. 그 덕에 할머니는 사 남매 중 둘은 고등학교를, 나머지 둘은 대학까지 보낼 수 있었다. 한 달 평균 70만 원 벌이에 운 좋은 달은 현금 100만 원도 만져지던 시절이었다. 그런데 요즘 할머니는 20만 원 벌이도 힘겹다며 한숨을 내쉬었다.

"이 나라가 왜 이러는지 모르겠어. 노인들 살기가 갈수록 불안하잖아. 스스로 목숨을 끊는 뉴스도 자주 나오고……."

나라가 가난해서일까? 아니면 정부 정책에 문제가 있는 것일까?

UN에서는 전체 인구 중 65세 이상 노인의 비율이 7%를 넘으면 고령화 사회로 진단한다. 우리나라는 2000년을 기점으로 이미 고령화 사회로 진입한 상태이며, 2022년에는 14%를 넘어설 것이라는 전망을 내놓았다. 이처럼 고령화 현상은 노인 부양비, 독거노인 증가 등 세대 간 갈등으로 이어지게 마련이다.

김씨 할머니의 특이한 점은 대부분의 노인들이 마을 주변에서 고물을 줍는 반면 버스로 출퇴근을 한다는 것이었다.

"어느 자식이 제 어미가 고물 줍는 걸 좋아하겠어. 그래서 난 이 일을 시작할 때부터 자식들 눈에 띄지 않는 곳에서 하고 싶었어. 내 배로 낳은 자식이라도 내 마음과 다를 수 있잖아."

고물을 주워 번 돈으로 할머니는 손녀들을 먼저 챙겼다. 교육대학에 다니는 큰손녀의 피아노 학원비를 내 주었고, 외손녀가 중학교를 들어갈 무렵에는 입학금에 보태 쓰라며 120만 원을 내놓은 적도 있다. 그렇지만 할머니는 점심을 거르는 일이 다반사다. 벌써 23년이라는 시간이 지났는데도 할머니는 자신이 번 돈으로 자신의 밥을 사 먹는 일에 익숙하지 못하다.

"실향민들의 습성이지 뭐. 밥은 집에서 먹어야 한다는……. 찬 없는 밥이라도 집에서 먹어야 마음 편하잖아."

고물을 줍다 보면 별의별 사람을 다 만나게 되는데 김씨 할머니가 가장 꺼리는 곳은 다름 아닌 관공서다. 관공서에서 일하는 직원들 중 열이면 아홉은 할머니의 옷차림을 나무랐다. 옷차림 때문에 숱한 창피를 당했고, 일일이 셀 수 없을 만큼 쫓겨나기도 했다.

그래도, 살아갑니다

"고물 줍는 일을 20년 넘게 하다 보면 반은 부처가 돼. 그런데도 예나 지금이나 안 변한 게 하나 있어. 많이 배우고 부자들일수록 인정머리가 없다는 거야. 특히 관공서에서 일하는 사람들이 더해. 사람을 무시해도 그렇게 무시할까. 아들 같은 사람한테 꾸지람 듣고 나면 사는 게 쓸쓸해."

고물 줍는 일도 사람을 접하는 일인지라 김씨 할머니의 세상 보는 눈은 예의 명징함이 묻어났다. kg당 90원을 했던 폐지값이 서너 달 만에 50원으로 뚝 떨어진 것을 두고 한 말이었다.

"고물 줍는 일은 3월과 4월이 가장 좋아. 이사철이라서 그래. 헌것은 버리고 새것을 장만하거든. 그리고 고물은 가격이 널뛰기를 해서 고물상들이 짜고 정할 때도 많아. 알면서도 모르는 척하는 거지. 그래도 여름만 잘 견디면 곧 좋아져. 어느 해라도 10월부터 이듬해 2월까지는 제값에 거래가 되거든. 날이 추울수록 고물값은 올라가게 돼 있어."

동네를 한 바퀴 돌아봐야겠다며 맨발에 남자 고무신을 신은 할머니가 자리를 털고 일어났다. 누구더러 들으라는 것인지 할머니는 리어카를 앞세워 밀고 가면서 혼잣말처럼 툭 던졌다.

"23년이 짧은 세월 같지? 절대 그렇지 않아. 한 아이가 자라서 결혼할 나이야. 그리고 난 가족들이 모여 사는 용산동보다 평리동이 더 좋아. 그동안 정이 들어 그런지 평리동이 꼭 내 친정 같아."

남편으로는 80점

농사꾼으로는 50점

열다섯번째 이야기

충청남도 당진군 신평면 매산리의 6월은 네 시간 전에 떠나온 도시와 전혀 딴 세상이었다. 모내기를 마친 논에서는 손뼘 크기의 모들이 뿌리를 내리느라 안간힘을, 밭에서는 콩, 마늘, 감자, 고구마 등속이 서로의 머리를 쓰다듬어 주며 키재기에 열중이었다. 그 너머로 초여름 바다가 넘실거렸다.

카농은 나한테 꿈이었고 불이었네

매산리 토박이 정광영 씨의 얼굴에도 신록의 한가로움이 저녁노을처럼 번졌다.

"예나 지금이나 모내기 철이 가장 고비인 것 같아. 모내기를 마치면 바빴던 마음이 잠시 여유를 찾는데, 지금이 바로 그때가 아닌가 싶네."

분홍으로 지고 있는 황토마당의 작약꽃을 지나 집 안으로 들어섰다. 성모상 곁에 놓인 책꽂이가 눈에 들어왔다. 《공무원은 상

그래도, 살아갑니다

전이 아니다》,《잊혀진 생명자원》,《쓰레기로부터 지구를 생각한
다》,《알기 쉬운 오늘의 한국경제》……. 제목을 쭉 훑어보니 하나
같이 말미에 물음표가 찍히는 책들이다. '공무원은 상전이 아니
다?' '쓰레기로부터 지구를 생각한다?' 그렇다면 책을 읽는 농부는
어떤 마음을 갖고 있을까?

올해로 35년째 친환경 농업을 고집하고 있는 정광영 씨와 마
주 앉은 건 해질 녘 논에 우렁이를 방사한 뒤였다. 제초 효과에 뛰
어난 우렁이 농법은 벼농사에 한몫을 하는데 이 또한 때가 있다.
너무 어린 모에 방사하면 우렁이가 모 포기를 먹어 버려 모내기를
마친 7~10일 사이가 적당하다.

"중학교 졸업하고 농사를 짓기 시작했으니 벌써 50년이 되었
네. 화학 제초제 대신 잡초를 먹는 우렁이 농법도 친환경 농사를
고집하면서 얻은 커다란 수확이었고. 농약만 덜 쓰면 땅은 반드시
살아나게 돼 있네."

사 남매 중 둘째로 태어난 정광영 씨의 나이는 예순다섯이다.
슬하에 1남 2녀를 둔 그는 군 제대 후 잠깐 짐을 싼 적 있었다. 인
천에 사는 사촌형이 직장을 알선해 주겠다며 그의 상경을 부추겼
다. 하지만 그의 가출계획(?)은 수포로 돌아가고 말았다.

"하필 그 해에 간염으로 몸져누운 아버지께서 세상을 뜨셨지
뭔가. 아마 지금처럼 농민이 괄시당하고 천대받는 직업이었다면
앞뒤 안 보고 객지로 나갔을 것이네."

1970년대의 농촌은 마을공동체가 살아 있었다. 농사꾼이라며

손가락질하는 사람도, 요즘처럼 동남아 등지로 원정 나가 얼굴색이 다르고 언어마저 통하지 않는 여자를 아내로 맞을 필요도 없었다. 논에 물이 차고 다붓다붓 속이 여물 때면 이 마을 저 마을에서 중매가 들어왔다. 정광영 씨도 스물여덟 살에 중매쟁이가 놓은 오작교를 건너가 인생의 반려자를 만났다.

"그런 노랫말도 있지 않던가. 꽃 피기는 쉬워도 아름답기는 어렵고, 아름답기는 쉬워도 향기를 간직하기는 더 어렵다는. 남녀 간의 사랑도 크게 다르지 않을 거라고 보네. 흙(근본)을 떠나 향기를 간직한다는 게 얼마나 어려운 일인가. 누가 뭐래도 흙은 씨앗을 품어 뿌리를 내리는 아주 강인한 힘을 갖고 있지."

결혼 후 지금의 주소지로 거처를 옮긴 건 1972년도였다. 큰형님으로부터 논 1,600평과 밭 700평을 분할받은 정광영 씨는 결혼과 함께 영농일지를 쓰기 시작했다.

"새로운 인생을 시작하는 만큼 한 해를 어떻게 살았는지, 그걸좀 기록해 두고 싶었네. 잠깐 기다려 보게."

나직나직 이야기를 들려주던 정광영 씨가 거실 책꽂이에서 꺼낸 노트 두 권을 바닥에 펼쳤다. 1974년부터 써온 영농일지에는 하루일과, 계절별 생산량, 총 수확량, 수매가격 등이 꼼꼼하게 기록되어 있었다.

"40년 넘게 썼으니 나한테는 보배가 따로 없지. 비라도 내리는날 이걸 들춰 보면 우리나라 농업이 걸어온 길이 보인달까."

그가 누구든, 어떤 직종의 삶을 살아가든 우리는 기록하는 자

그래도, 살아갑니다

앞에서 엄숙해질 수밖에 없다. 설령 그것이 하찮은 일지(日誌)라도 말이다. 기록은 과거와 현재를 동시에 비추는 증거의 거울이기 때문이다.

해(年) 지난 달력 뒷면에 한 땀 한 땀 모를 심듯 영농일지를 써 온 그가 대뜸 '카농(가톨릭 농민회)' 이야기를 꺼냈다.

"1975년에 카농이 처음 들어왔는데, 카농은 나한테 꿈이었고 불이었네. 카농이 들어오면서 각 농촌 지역에 분회가 꾸려지고 대학생들 농활(농촌봉사활동)이 유치되었으니까."

30년 가까이 이어져 온 대학생들의 농활이 몇 해 전부터 끊기고 말았지만 정광영 씨에게 카농은 자부심을 심어 주었다. 그는 카농을 통해 농업이야말로 한국의 제1차 생명사업임을 깨달았던 것이다.

"카농을 만나기 전까지는 전답이 있으니까 그냥 농사를 짓는 줄 알았네. 한데 그게 아니지 뭔가. 농사는 곧 생명운동의 시작이었던 것이네."

친환경 농업에 눈을 뜬 것도 역시 카농을 통해서였다. 농민들 스스로가 바뀌지 않으면 미래의 농업도 희망이 없어 보였다. 차별화된 농법만이 농촌이 살길이었다.

저 양반이 그래유

카농이 주최한 행사장을 찾아가 한 신부의 강연을 들은 날이었다.

정광영 씨는 고개를 들 수 없을 정도로 심한 충격에 휩싸였다.

"그날 신부님이 이런 말씀을 하더군. 한국에 암 환자가 늘고 있는 이유는 농민들이 치는 농약 때문이라고……."

가톨릭 집안에서 성장한 그로서는 편한 잠을 잘 수 없었다. 벼 한 가마니라도 더 수확하고자 농약 치는 걸 예사로 여겼던 것이다. 아니, 농사는 그렇게 짓는 줄 알았다. 하지만 신부님이 들려준 한마디는 그동안의 열정마저 산산이 부숴 버렸고, 자신도 신부님이 말한 농민 중 한 명일뿐이었다.

집으로 돌아온 정광영 씨는 즉각 실천에 옮겼다. 한 해 아홉 번 쳤던 농약을 세 번으로 줄였다. 한데 문제가 생겼다. 가을걷이를 마치고 나자 지난해보다 30%의 수확량이 빠져나갔다. 예상을 못한 건 아니지만 머리가 복잡했다.

"난감하긴 했네. 벼 열 가마니를 수확해서 세 가마니가 빈 건 웃어넘길 수 있어도, 서른 가마니에서 아홉 가마니 손실은 너무 크게 느껴지지 않겠나. 그렇지만 얻은 것도 있었네. 농약과 비료와 수확량의 관계였네. 그 셋을 곰곰이 따져 보니 인간의 생명을 먼저 생각해야 한다는 결론이 나더군. 예를 들자면……."

예를 들자면 이런 거였다. 어떤 사람이 매년 그 정도 양의 약을 복용하며 버티는 거라면 필시 그건 심각한 문제가 아닐 수 없다는. 그 사람은 결국 자신의 생명을 약으로 연장하는 꼴이었다.

"그때 처음으로 친환경 농업과 관련한 책을 들여다봤는데 하나같이 맞는 말이 아니겠나. 흔들렸던 마음이 단단하게 굳어지면

그래도, 살아갑니다

서 말일세."

그러나 주변의 눈총이 곱지만은 않았다. 같은 마을에 사는 큰
형님은 네가 못하면 내가 대신 농약을 쳐 주겠다며 성을 냈고, 벌써
세 해째 수확량이 뚝 떨어지자 부부간의 골도 한숨처럼 깊어졌다.

두어 시간 넘게 남편의 이야기를 듣고 있던 정광영 씨의 아내
가 마침내 거들고 나섰다.

"그땐 속 꽤나 탔어유. 남들보다 벼 수확도 떨어진 마당에 뻑
하믄 카농 간다고 나가고, 뻑하믄 농민회 간다고 나가고……. 농사
일이라는 것이 하루를 미루면 열흘 가잖유. 그런 줄 빤히 알면서 3
년을 내리 죽을 쑤다시피 했으니 어느 여잔들 좋았겠슈. 애들이 속
안 썩히고 잘 자라 줬으니 망정이지 안 그랬으면 일이 나도 크게
났을 거유."

정광영 씨 아내로부터 지난 심사를 듣고 있으려니 불현듯 이
명환 씨의 얼굴이 겹쳐졌다.

군내버스에서 내려 정광영 씨의 집을 찾아가는 길이었다. 마
을 입구에서 우연히 만난 사람이 이명환 씨였다. 초면인 그에게
정광영 씨에 대해 묻자 30년 전 실타래를 구구단 외듯 술술 풀어
냈다.

"지금이야 친환경 농사를 함께 짓고 있지만 그땐 나도 발을
살짝 뺐구먼유. 벼 수확량이야 다 아는 사실이고 무농약은 농사짓
기가 배로 힘들잖유. 근데도 저 양반은 굽히는 법이 없었시유. 마
을주민들이 그 좋은 제초제 놔두고 뭣 때문에 생고생을 하느냐며

혀를 차고 손가락질해도 안하무인이었지유. 저 양반이 원래 그래
유. 정확하고, 빈틈없고, 얼마나 깨깟스러운지 몰러유. 지가 쫄래
쫄래 따라한 것도 실은 그 때문이었구먼유. 만에 하나 저 양반이
말 따로 몸 따로 놀았다면 우리가 따라갔기나 했겠슈. 꽁무니에
붙어 따라가는 사람도 눈 있고 귀가 있잖유. 매번 염려가 되는 건
형수님이었슈. 저 양반 집에 들어가 형수님한테 깨지면 어쩌나,
지는 그거이 젤로 염려가 되었구먼유. 남자하고 여자는 계산법이
다르잖유."

"어떻게 다른데요?"

"그걸 나한테 물어보면 어쩐대유. 부부 사이에는 그런 게 있어
유. 말로는 설명할 수 없는……."

하루가 고단하더라도 저녁 뉴스는 꼭 보고 잔다는 정광영 씨
의 집에 따르릉 전화벨이 울렸다. 수화기를 집어 든 정광영 씨의
입꼬리가 비죽이 말려 올라갔다. 이명환 씨가 말한 꼿꼿한 자세는
어디에도 없었다.

"서울에 사는 큰딸과 외손녀가 사나흘 간격으로 안부 전화를
하는데 주말에 한번 내려오겠다네. 외손녀는 목소리만 들어도 기
쁘지 뭐."

후회 없는 길

숫자에서 '3'은 절망과 희망의 경계라고 했던가. 마을주민들의 따

　　　　　　　　　그래도, 살아갑니다

가운 눈총에도 아랑곳하지 않고 친환경 농업을 고집하며 버텨 온 3년은 말 그대로 고진감래였다. 연간 70%를 밑돌던 수확량도 3년이 지나면서 85%로 늘어났다. 관행농사를 지을 때와 비교하면 만족할 수치는 아니지만 정광영 씨는 그보다 훨씬 큰 희망을 발견했다. 농약과 화학비료로 병들었던 땅에 비로소 새살이 돋기 시작한 것이다. 볏잎을 가장 좋아하는 메뚜기를 발견한 정광영 씨는 신기한 장난감을 손에 쥔 아이처럼 마을주민들에게 보여 주었다.

"메뚜기를 보는 순간 병들었던 내 몸이 깨어나는 기분이었네. 이듬해 봄에는 미꾸라지도 돌아왔더군. 모를 심다 말고 미꾸라지 한 마리를 손바닥에 올려놓았는데, 얼마나 반갑고 고맙던지. 집 떠나 오랫동안 소식 없던 자식들이 그제야 품으로 다시 돌아온 것 같았네."

한갓 미물에 지나지 않는, 메뚜기와 미꾸라지를 이야기하는 정광영 씨의 음성이 한층 들떠 보였다. 마을에 변화의 바람이 불기 시작한 것도 그즈음이었다. 한동안 보이지 않던 미생물들이 돌아오자 이명환 씨를 비롯해 마을주민 서너 명이 가세하고 나섰다.

"그 마음이 농민의 마음이 아닐까 싶네. 땅에 땅심이 있다면 농사를 짓는 사람들한테는 농심이 있지 않은가. 부끄러운 고백이네만, 죽었던 땅이 되살아나고 있다는 걸 알았을 때 그동안 내가 저지른 잘못이 무엇이었는지도 깨닫게 되었네. 수확량에만 눈먼 나머지 정작 뭇 생명들에게 해를 끼치는 존재로 살아왔던 것이네. (아내를 가리키며) 정말 고마운 사람은 이 사람이었고. 3년이라는

그래도, 살아갑니다

가장 힘든 시기에 이 사람이 옆에서 도와주고 기다려 주지 않았다면 나 또한 친환경 농업을 포기하고 말았을 것이네. 겉으로 표현은 못했지만 한 해 지나고 두 해 지나면서 겁이 나지 않겠나."

스스로를 중농(中農) 농사꾼이라고 말하는 정광영 씨가 한 해 농사지어 벌어들이는 수입은 2,000여만 원. 이 돈으로 자재 구입, 농기계 할부 및 수리비, 조세공과금, 운송비 등을 지불하고 나면 월수입 120만 원 선이다. 4~10월까지 들에서 살다시피 하는 친환경 노동의 대가로 치면 결코 많은 액수는 아니다. 하지만 그는 후회하지 않는다고 했다.

"오히려 고맙지 뭐. 애들 셋을 친환경 농사지어 대학 공부 시켰지 않은가. 그리고 나는 한살림(한살림 공동체 소비자 협동조합)에서 판로 문제를 다 해결해 주어 농사일에만 전념하면 되는데 이런 복이 세상에 또 어딨겠는가."

다 지나간 일이지만 우여곡절도 많았다. 관행농사를 짓다 친환경 농업으로 전환했을 때 농협(사실은 '정부'가 맞는 표기다)이 제일 먼저 농자금 대출을 끊어 버렸다. 곧이어 경찰은 정광영 씨가 농민운동을 한다는 이유로 일거수일투족 감시에 들어갔다. 농민대회가 열리는 날은 아예 경찰이 대문 밖에 지켜 서서 정광영 씨의 외출을 가로막았다.

"한평생 농사만 지어 온 나에게 카농활동은 스승 그 이상이었네. 그렇지만 세상(정부)은 보다 나은 삶, 특히 새로운 시도를 해 보려는 사람들을 가만두지 않더군. 내 뒤를 미행까지 하면서 말일세. 물론 지금은 내 발로 농협을 찾아가기보다 그쪽 사람들이 먼저 필요한 게 없느냐고 묻긴 하네만."

정광영 씨가 관청을 못마땅해 하는 이유는 그들의 속성 때문이다. 양과 질은 하나의 유기체임에도 불구하고 그들은 질적 성장을 외면하곤 했다. 그저 돈벌이에 눈이 먼 장사치와 크게 다르지 않았다.

"농협이든 관청이든 문턱이 낮을수록 좋다고 보네. 한국전쟁을 겪은 세대일수록 문맹의 세월을 살아왔기 때문이네. 나도 배울 것이 많아 카농을 부지런히 쫓아다녔는데 어느 날 경찰에게 이런 말을 해 주었네. 길을 가로막는 것과 보호하는 것은 다르다고."

자신이 꿈꿔 온 세상을 포기하지 않고 걸어온 탓일까. 정광영 씨는 요즘 동창생들에게 인기 짱이다. 전화 통화를 하거나 동창회에 나가면 절로 어깨가 으쓱해진다. 남자 나이 65세면 일에서 손을 놓아야 할 때고, 사정이 여의치 않을 경우 식구들 눈치를 봐야 한다.

"동창회 나가면 친구들이 그런 말을 하지. 정년퇴직이 없는 농사야말로 인생을 가장 아름답게 마무리할 수 있는 직업이라고 말일세. 나 역시도 같은 생각이네. 이 나이에 할 일이 없다면 얼마나 무료하겠는가. 하늘이 내게 준 너무 감사한 선물이 아닐 수 없네."

이야기를 나누다 보니 밤이 깊어 가고 있었다. 정광영 씨가 가장 고마워하고 가장 미안해하는 그의 아내에게 살짝 남편의 점수를 물었다. 엉뚱하게도 그녀는 80점과 50점을 내놓았다. 긴장이

그래도, 살아갑니다

되는지 정광영 씨도 잔뜩 숨을 죽였다.

"남편으로는 80점, 농사꾼으로는 50점이구먼유. 왜 50점만 준 줄 알어유? 친환경 농사를 고집한 건 존경하지만, 일손 바쁠 때 삑 하믄 나가서 그래유."

몽골의 두 소년

○
○
○

열여섯 번째 이야기

○　　○　　○

베이징역을 출발한 모스크바행 기차는 산시성(山西省) 다통에서 잠시 숨을 고른 뒤, 네이멍구 자치구로 들어섰다. 나흘 전 지린성 (吉林省)을 여행하면서 본 만주 벌판과 또 다른 전경이다. 영하 30 도를 밑도는 네이멍구 초원은 눈부신 빙해를 펼쳐 놓은 듯했다.

중국과 몽골의 접경지역인 얼롄하오터역에 정차한 시각은 23 시 45분.

기차 객실에서 출국심사가 시작되었다. 기차나 버스로 국경 을 넘는 일은 두 나라의 관계를 엿보는 뜻밖의 기회랄까. 중국과 몽골의 우호는 썩 좋지 못했다. 한 시간 넘게 진행된 출국심사는 무장한 중국 군인의 눈빛에서 살벌함이 느껴졌다. 몽골인들의 여 행 가방을 객실 바닥에 샅샅이 뒤집어 놓았다.

출국심사를 마친 국경역은 호루라기 소리가 적막을 깨트렸 다. 객실에 갇혀 있던 승객들이 대합실 상점으로 우르르 몰려간 사 이, 모스크바행 기차는 차고로 들어갔다. 1966년 네이멍구 자치구 지닝에 있던 기차 바퀴 교환소가 이곳으로 옮겨 오면서 얼롄하오터는 시(市)로 승격했다. 중국(1435mm)과 몽골(1524mm)의 궤도 간격이 맞지 않아 기차 바퀴를 교체하는 국경의 밤 풍경이 신선한 눈요기로 다가왔다. 16량의 기차 바퀴를 교체하는 시간도 생각보다 오래 걸리지 않았다.

탄광촌 날라이흐

베이징을 출발한 모스크바행 기차는 새벽 2시께 몽골 남부에 위치한 자민우드(Замын-Үүд)로 들어섰다. 몽골어로 '길의 문'이라는 뜻의 자민우드는 중국의 베이징과 몽골의 울란바토르를 연결하는 중간 지점으로, 울란바토르까지는 700km를 더 가야 한다.

베이징역을 7시 40분에 출발해 이튿날 16시 30분에 도착한 울란바토르의 겨울 날씨는 회초리로 맨살을 후려치듯 매서웠다. 기차에서 내리는 순간 귓불이 얼얼하고 손마디가 바늘 끝을 만지는 기분이었다.

총인구 300만 중에서 3분의 1이 거주하는 몽골의 수도 울란바토르는 바람부리 도시였다. 사방에서 맵찬 바람이 끊임없이 불어댔다. 수흐바토르 광장, 국립현대미술관, 자이산 승전탑, 이태준(독립운동가) 기념공원을 둘러본 후 숙소로 돌아가는 길이었다. 허름한 차림의 넝마주이가 시선을 끌었다.

두 개의 마대를 끈으로 연결해 어깨에 메고 다니는 넝마주이의 하루는 분주했다. 동 트기 전 집을 나와 해가 다 저물도록 빙판

그래도, 살아갑니다

길을 헤매고 다녔다. 10대에서 노인에 이르기까지 연령도 들쭉날쭉했다. 그들이 주로 줍는 건 거리에 나뒹구는 페트병. 넝마주이에게 페트병은 하루를 살아가는 유일한 양식이다. 20개를 주우면 한 끼 밥을 먹을 수 있다고 했다.

지하 10m 깊이의 맨홀을 거처로 삼은 몽골의 청소년들도 눈길을 사로잡았다. 그러나 이방인의 접근이 쉽진 않았다. 건장한 현지 청년을 앞세워 시도해 보았으나, 도로변 맨홀에 모여 사는 그들은 좀처럼 틈을 주지 않았다. 가방에서 카메라를 꺼내려는 순간 한국과 똑같은 모양의 주먹밥을 날리며 벌떼처럼 뒤쫓아 왔다.

추운 거리에서 땔감과 석탄을 파는 노파를 발견한 건 사흘째 되는 날이었다. 중국을 떠나오기 전, 연변조선족자치주 량수진 탄광에서 본 붉은 벽보가 뇌리를 스쳐갔다.

'한 인민의 고통과 희생이 더 많은 인민의 가정을 따뜻하게 한다.'

날라이흐 마을은 울란바토르에서 승용차로 한 시간 남짓 거리에 있었다. 하지만 소읍 어디에도 탄광촌의 흔적은 보이지 않았다. 마을 곳곳이 너무 아담하고 청결한 나머지 챠키의 얼굴만 쳐다보았다. 몽골대학에서 한국어를 전공한 챠키는 한국 역사와 한국 문학에 관심이 많은 30대 청년이었다.

실타래가 풀린 건 2m 높이의 타원형 기념비를 발견하면서였다. 날라이흐 마을 외곽에 광부를 기리는 기념탑이 보였다. 차에서 내린 챠키가 입을 열었다.

"이 마을은 사회주의 시절에 러시아인들이 정착한 곳입니다. 기념탑은 그들이 몽골을 떠나면서 세운 것이고요. 하지만 이곳은 러시아인들이 떠나면서 석탄을 캐지 않습니다. 탄굴을 보려면 조금 더 가야 합니다."

그곳으로 다시 차를 몰았다. 만년설이 쌓인 황량한 벌판 너머로 판자촌이 눈에 들어왔다. 한국, 일본, 중국에서 본 탄광촌 전경과 크게 다르지 않았다. 한 가지 다른 점이 있다면 거리였다. 코앞의 거리도 걸음을 떼고 나면 한참을 더 가야 했다. 이정표가 없는 설원은 끝없는 거친 광야를 연상케 했다. 탄광촌은 그 모서리 지점에 잔뜩 웅크린 움막처럼 자리하고 있었다.

경사가 심한 언덕을 타고 오르자 탄광촌은 날라이흐 소읍과 대조적이었다. 같은 지명을 사용하는데도 이편과 저편이 다른 색상의 옷을 입고 있었다. 석탄 연기가 피어오르는 탄광촌은 허허벌판에 버려진 사생아를 보는 것 같았다.

노천탄광

처음 보는 갱(坑)이었다. 지지대 역할을 하는 갱목(광산이나 토목공사 등 지하작업에 쓰이는 목재)도 보이지 않았다. 러시아산 트랙터와 한국산 중고 포터를 소유한 알트게를 씨와 이야기를 나눴다.

"굴진 작업할 때 쓰는 갱목이 보이지 않네요?"

그래도, 살아갑니다

"탄광에 대해 많이 알고 있네요."

"광부로 잠깐 일한 적 있습니다."

"갱목이 없는 건 몽골에 나무가 귀하기 때문입니다. 굴진에 필요한 목재를 사려면 가까운 러시아에 손을 벌려야 하는데, 그 많은 돈을 무슨 수로 감당할 수 있겠습니까."

"적당히 파고 들어가 적당히 캐 먹을 수밖에 없다는 거군요."

"그렇지요. 노천탄광만의 장점이기도 하고요."

"여기 있는 갱들은 지하 몇 m쯤 되나요?"

"100m 안팎입니다. 더 들어가면 위험하니까 적당한 선에서 굴진을 멈추는 편이죠. 현재 12명이 2교대로 작업을 하는데, 두 명은 안에서 채탄하고 두 명은 갱도를 오르내리면서 탄 싣는 일을 돕고 있습니다. 나머지 두 명은 밖에서 석탄을 끄집어내는 일을 하고요."

"하루 생산량은 얼마나 됩니까?"

"평균 10톤 정돕니다. 투그릭(몽골화폐 단위)으로 환산하면 20만에서 30만가량 되는데 똑같이 나눠 갖습니다."

"갱목을 사용하는 곳도 있나요?"

"물론 있습니다. 우리는 그럴만한 돈이 없어 못 넣고 있죠. 갱목까지 넣고 나면 남는 게 있어야 말이죠. 7월에서 9월까지는 굴진 작업만 하는데 석 달 동안 부지런히 파고 들어가면 지하 100m까지는 가능합니다."

"놀랍군요. 부실한 기구로 지하 100m까지 들어갈 수 있다니……."

"노천탄광이라 300톤쯤 캐고 나면 석탄이 바닥납니다. 한 갱도에서 한두 해쯤 벌어먹는 건 안성맞춤이죠."

몽골의 겨울 기온은 영하 30도에서 35도, 지역에 따라 50도까지 내려가는 곳도 있다. 이처럼 겨울 몽골과 석탄은 떼래야 뗄 수 없는 관계다. 겨울철 난방연료로 석탄을 사용하고 있기 때문이다.

"막장 사고는 어떤가요?"

"날라이흐에서만 한 해 네댓 명씩 죽곤 합니다. 정부에서도 크게 관심을 갖는 편이 아니고요."

"영세 탄광은 알아서 하라는 뜻인가요?"

"맞습니다. 죽은 사람만 억울하죠."

채탄 경력이 풍부한 알트게를 씨는 영세 탄광 오너였다. 한국 담배 중에서 '디스'가 입에 딱 맞다는 그는 러시아산 중고 트랙터로 벌어들이는 수익이 더 많아 보였다. 지하 100m 막장에서 채굴한 석탄을 운반하려면 밖으로 끌어낼 트랙터가 필요했던 것이다. 한 탕에 1,000투그릭을 받고 있으니 하루 열 탕이면 적은 돈은 아니었다.

곡괭이와 삽만 있으면 굴진과 채탄이 가능한 부실 작업은 옷차림에서 곧 드러났다. 최소의 장비라고 할 수 있는 작업복, 안전모, 안전화마저 없이 탄을 캐고 있었다. 채굴한 석탄을 갱 밖으로 끌어내는 작업 또한 엉성해 보였다. 트랙터에 쇠밧줄을 연결한 후 막장에 신호를 보내면 덜그럭 덜그럭 석탄이 실려 나왔다. 언뜻 보아 그 동작(석탄이 밖으로 쏟아지는 것을 방지하기 위해 거적으로 덮고 밧줄로 묶은 것)은 해일이나 지진 피해로 건물이 붕괴된 현장에서 사체를 발굴해 구급차로 이양하는 광경과 흡사했다.

바이샤와 술드몽크

두 소년과 눈이 맞닥뜨린 건 지하 100m 막장에서 채탄한 석탄을 밖으로 끌어올리는 작업이 진행될 무렵이었다. 트랙터에 쇠밧줄을 연결하고 돌아온 소년이 손을 불쑥 내밀었다.

"담배를 달라는데요."

"아직 담배 피울 나이는 아닌 것 같은데……."

"몽골에선 크게 개의치 않습니다. 피우지 말라며 선도하는 사람도 없고요."

동행한 챠키의 말에 호주머니에서 담배를 꺼내 주었다. 제법 반항적인 얼굴에 애티가 흘렀다.

"학생?"

"네, 학생 맞아요."

"나이는?"

"열일곱이요."

바이샤와 술드몽크를 다시 만난 건 이튿날 오후였다. 약속한 시간에 맞춰 날라이흐 판자촌으로 들어서자 바이샤와 술드몽크는 친구들과 어울려 놀고 있었다. 차강사르(설 명절)를 맞아 친구들

은 깔끔한 차림인데 반해 두 소년은 어제 일할 때 입은 작업복 그
대로였다.

"옷이 그것밖에 없니?"

"네."

갈색머리를 한 술드몽크였다.

"얼굴에 상처가 많네. 일하다 다친 거야?"

"이 정도는 아무것도 아니에요. 석탄을 밖으로 끌어내는 일을
하다 보면 늘 생기는 건데요, 뭐."

"일이 힘든 모양이구나."

"그래도 어쩔 수 없어요. 아버지가 일찍 돌아가셨거든요. 여섯
살 때부터 엄마와 누나, 형 넷이 사는데 형과 내가 벌지 않으면 우
리 집이 힘들 거예요. 탄광에서 번 돈은 엄마한테 다 주고 있어요."

술드몽크는 고등학교 1학년에 재학 중이었다. 낮에는 공부하
고 밤엔 일하는 주독야경(晝讀夜耕)인 셈이었다. 그는 수업이 끝나
는 오후 2시면 부리나케 탄광으로 달려간다고 했다.

"학교에서 수업하는 시간보다 탄광에서 일하는 시간이 더 기
네."

"그런 셈이죠."

5교시 수업에 하루 12시간 노동, 아르바이트로 보기에는 노동
시간이 너무 길었다. 새벽 2시경 탄광 일을 마치고 귀가하면 술드
몽크는 씻지도 못한 채 쓰러지기 일쑤다. 한숨 붙인 뒤 학교로 달
려가야 하기 때문이다.

그래도, 살아갑니다

"언제부터 탄을 캔 거야?"

"중학교 3학년 때부터요."

"잠은 부족하지 않아? 하루 다섯 시간도 못 자잖아."

"괜찮아요. 수업시간에 자면 되니까요. 참아 보려고 애를 쓰는데도 졸음을 이겨 낼 수가 없어요. 그런데 PC방에 가면 잠이 싹 달아나요. 우습죠?"

"마을에 PC방도 있어?"

"그렇지만 일주일에 한 번밖에 못 가요."

"돈 때문이구나?"

"엄마랑 약속한 것도 있고요. 일주일에 두 시간씩만 하기로……."

일당제로 하루 5,000투그릭도 벌고 운 좋은 날은 1만 투그릭도 번다는 술드몽크에게 꿈을 물었다. 순간 그의 대답은 막힘이 없었다.

"술 만드는 공장에서 일하고 싶어요. 제 꿈이면서 엄마의 꿈이기도 해요."

술드몽크의 당찬 목소리 때문이었을까. 잠자코 있던 바이샤가 시샘하듯 끼어들었다.

"저는 기관사가 되고 싶어요."

"특별한 이유라도 있니?"

"기계를 만지고 있으면 즐거워져요. 하지만 지금은 힘들어요. 수업시간에 졸다 선생님한테 엄청 맞았거든요."

어른들처럼 술도 먹고 담배도 피우는 고등학교 1학년 바이샤. 단짝인 술드몽크가 편모 밑에서 자랐다면 바이샤는 좌우 날개를 모두 잃어버렸다. 현재 할머니와 살고 있는 바이샤는 졸업을 빨리 했으면 좋겠다며 초조한 기색을 드러냈다.

"학교를 그만두고 싶어도 할머니 때문에 어쩔 수가 없어요. 하루는 몸이 너무 피곤해 결석을 한 적 있는데 할머니가 많이 우셨어요. 그때 속으로 굳게 다짐했어요. 할머니를 위해서라도 졸업은 꼭 해야겠다고……."

막장에서 석탄을 끌어올리는 일과 부리는 일이 가장 힘들다고 말한 바이샤는 연신 바람담배를 피워 댔다.

눈빛.언어

두 소년과 식당에서 늦은 점심을 먹은 후 탄광으로 향했다. 어제 만난 알트게를 씨가 반갑게 맞아 주었다.

"막장을 한번 들어가 보고 싶은데 가능할까요?"

"글쎄요, 몽골 탄광은 매우 위험한 곳입니다. 일하다 죽어도 책임지는 사람이 없고요. 각오가 돼 있다면 말리진 않겠습니다."

어느 나라 어느 지역을 가더라도 탄광은 접근이 쉽지 않다. 잘못 보였다간 쫓겨나기 십상이다.

"로프를 가져올 테니 잠깐만 기다리세요."

담배를 피워 문 알트게를 씨가 직원들 쉼터로 사용하는 게르

(ger)에서 긴 로프를 들고 나왔다. 그의 손놀림이 예사롭지 않았다. 서 있는 몸에 로프를 한 바퀴 감더니 질끈 동여맸다.

"너무 깊이 들어가지는 마세요. 힘들면 꼭 소리치고요. 밖에서 로프를 끌어당기면 쉽게 나올 수 있습니다."

옆에서 지켜보고 있던 챠키가 걱정스런 눈빛으로 쳐다보았다. 웃음이 담긴 염려의 목소리였다.

맨몸의 술드몽크가 앞장서고 그 뒤를 따랐다. 순간 몸이 반으로 접혔다. 갱목이 전혀 없는 땅굴 막장까지 내려가려면 몸을 최대한 웅크려야 했다. 앞서 가던 술드몽크가 정지 상태로 멈춰 섰다. 갱구로부터 25도를 유지해 온 갱도는 술드몽크가 멈춰 선 곳에서 직사갱으로 바뀌었다.

불빛 한 점 없는 갱 안에서 삼시 거친 숨을 돌아쉴 때였다. 챠키의 목소리가 들려왔다. 그는 몽골어와 한국어로 번갈아 외치고 있었다.

"한국 형님, 들리세요? 형님이 타고 내려가는 로프가 70m 지점에서 끊긴다고 하네요. 술드몽크한테도 말했으니 시키는 대로 하면 됩니다."

언어가 소통되지 않는 지하 70m 갱에서 유일한 안전등은 두 사람의 눈빛뿐이었다. 발을 헛디딜 때면 술드몽크는 민첩한 동작으로 믿음과 신뢰를 안겨 주었다.

'이보다 아름답고, 이보다 훌륭한 언어가 또 있을까!'

70m 지점에서 로프를 풀었다. 30m만 더 내려가면 지하 막장이었다.

하얀 치아를 드러낸 술드몽크가 손을 내밀었다. 지하 100m 막장에서 나누는 악수는 뜨거웠다. 하지만 곧 맥이 풀려 버렸다. 지열은 고사하고 막장 곳곳에 서릿발이 돋아 있었다. 한국의 탄광은 섭씨 30도를 오르내리는 지열로 숨이 턱턱 막히는 반면 몽골 탄광은 으스스 한기가 몰려왔다. 갱목을 사용하지 않는 몽골 막장은 지하 땅굴이나 다름없었다.

'여기 이곳에서, 저 소년이 하루 12시간씩 석탄을 캔단 말이지?'

무슨 말을 하더라도 술드몽크가 알아들을 수 없다는 사실이

그래도, 살아갑니다

다행스럽게 여겨졌다.

'이제 올라갈까요?'

'그럴까?'

'밖으로 나갈 때는 제가 뒤에 설게요. 그래야 서로 안전할 수 있어요.'

아주 짧은 순간에 주고받는 한국과 몽골의 눈빛 언어. 위도를 벗어난 칠흑의 바다에서 서로의 별을 보는 것 같았다.

지하 100m 막장에서 난코스로 불리는 수직갱도를 막 벗어났을 때였다. 챠키의 목소리가 다시 들려왔다.

"한국 형님 어디세요? 내 목소리가 들리면 대답 좀 하세요. 로프가 풀려 있어요."

술드몽크가 큭큭 웃고 있었다. 절반은 학생으로, 나머지 절반은 탄광 노동자로 살아가는 열일곱 살 몽골 소년의 미소가 해맑아 보였다.

울란바토르를 떠나오는 날, 두 소년이 다니는 학교를 찾았다. 겨울방학을 맞은 학교는 깨진 유리창 사이로 매서운 칼바람이 나부꼈다. 희망의 노래가 되어 줄 교정은 을씨년스럽기만 했다.

○
○
○

미안하오,
나는 우리말 이름이 없소

열일곱 번째 이야기

○　○　○

중국 헤이룽장성 북동부에 위치한 쑤이펀허역 대합실은 러시아로 떠나는 중국인 보따리상과 관광객들로 붐볐다. 양 어깨에 둘러맨 보따리상들의 짐에서 생존의 무게가 느껴졌다. 한쪽은 설레는 얼굴로 여행을 떠나고, 다른 한쪽은 밥벌이 투쟁이 벌어졌다.

　여권과 함께 기차표를 제시한 후 개찰구를 빠져나가자 출국 수속이 기다리고 있었다. 국경역 출국 심사는 매우 더디게 진행되었다. 한국인이 쑤이펀허 국경을 통해 러시아로 넘어가는 일이 그만큼 드물다는 반증이기도 했다. 투먼, 혼춘, 미산, 둥닝, 헤이허, 만저우리 등 중국과 러시아의 접경 지역은 많지만 한국인이 기차를 이용해 넘을 수 있는 국경은 만주(동북3성)에서 쑤이펀허가 유일하다.

　여권을 살피던 출입국관리 직원과 직업, 관광 목적, 체류 기간 등 출국 수속에 필요한 문답이 오갈 때였다. 하마터면 러시아를 가는 게 아니라 옌하이저우(연해주)를 찾아가는 길이라고 말할 뻔했다. 항일독립운동사에서 조선·만주·연해주는 매우 중요한 공간

그래도, 살아갑니다

이기 때문이다. 100여 년 전 블라디보스토크를 출발한 안중근 일행이 쑤이펀허에 사는 유동하를 만나 하얼빈으로 향했다면, 그 길을 거슬러 오르는 중이었다. 출국 수속을 마치는 데만 10여 분이 소요되었다.

쑤이펀허역에서 러시아 그라데코보 역까지는 26km. 곧 닿을 줄 알았던 기차는 가다 서다를 반복했다. 사진 촬영은 금지되었고, 객실은 패키지 관광객들로 들썩였다.

복선 철로가 단선으로 바뀔 즈음 차창 너머로 때늦은 진달래 꽃이 눈에 들어왔다. 한 달 늦게 봄이 찾아오는 탓이었다. 러시아 제복의 군인이 모습을 드러낸 건 한 시간여 지나서였다. 쑤이펀허 역을 오전 9시 35분에 발차한 402 열차는 11시 5분 종착지인 그라데코보역에 정차했다.

26공리[중국은 km를 공리(公里)로 표기한다]역으로도 불리는 그라데코보는 간이역 규모였다. 국경 열차가 정차하자 제복 차림의 러시아 군인이 차박차박 플랫폼 쪽으로 다가왔다. 입에 호루라기를 문 건장한 체구의 군인은 1호차 승객부터 내리라며 순서를 정해 주었다.

입국 수속을 마친 후 역사를 빠져나와 길 건너편에 있는 상점부터 들렀다. 생수로 목을 축이자 쌓였던 갈증이 말끔히 사라졌다. 우수리스크로 떠나는 버스는 오후 1시에 출발했다.

차창 너머로 시원한 연해주 벌판이 펼쳐졌다. 만주 벌판에 비해 연해주 벌판은 한없는 지평선을 쫓아야 하는, 고려인의 거친 숨결이 느껴졌다. 1986년 러시아 정부는 고려인 강제 이주정책에 대해 잘못을 시인했지만 고려인들은 여전히 유랑에서 벗어나지 못한 채 떠돌고 있다.

우수리스크 터미널에 김봉학 씨가 기다리고 있었다. 헤이룽장성 둥닝에서 알게 된 봉학 씨는 스무 해 전 우수리스크로 건너와 제법 큰 야채상을 운영하는 조선족이다.

"인사하세요. 이분이 진짜 고려인입니다."

7개월 만에 다시 보는 봉학 씨가 함께 온 고려인을 소개했다.

"우리말 이름이 없어 미안하오. 이곳에선 라지크라 부르고, 고려인들과 모이면 서리라 부르오."

70대 중반의 체구가 각진 라지크 씨는 눈빛이 따뜻해 보였다.

"아무래도 오늘은 한잔해야 할 것 같네요. 우수리스크에서 한국·조선·고려가 만났잖습니까?"

자동차 시동을 걸던 봉학 씨가 우스갯소리를 했다. 언제 보아도 그의 너털웃음은 가히 일품이었다. 중국과 러시아 국경을 제집처럼 오가는 그의 노하우가 한눈에 그려졌다.

블라디보스토크에서 북쪽으로 80km 떨어져 있는 우수리스크는 17만 인구를 가진 중소도시다. 1866년 니콜스코예라는 마을

미안하오, 나는 우리말 이름이 없소

에서 출발해 1957년 지금의 우수리스크로 지명이 바뀌었다. 뿐만 아니라 우수리스크는 고려인문화센터가 들어설 정도로 연해주 항일운동사에서 빼놓을 수 없는 곳이다.

헤이그 밀사로 떠났다 조국의 품으로 돌아오지 못하고 우수리스크에 묻힌 이상설 유허비와 연해주 항일운동을 지원하다 참변을 당한 최재형의 마지막 거주지, 조명희 작가가 학생들을 가르쳤던 고려사범전문학교를 둘러본 후였다. 반주를 곁들인 저녁식사 자리에서 라지크 씨가 부친의 이른 사망을 들려주었다. 1937년 9월 스탈린 정부로부터 강제 이주를 당한 이야기였다. 17만1,781명을 태운 124대의 수송열차는 시베리아 벌판을 가로질러 중앙아시아로 향했다.

"내 나이 여덟 살 때 아버지가 상세 났으니 집안 꼴이 어땠겠소. 지금도 마우재(러시아 사람을 얕잡아 이르는 말)만 보면 속에서 불덩어리가 올라오오. 아버지 상세 났을 때 벌판에 죽은 사람들뿐이었단 말이오."

"집단 학살을 당하신 겁니까?"

"그렇소. 마우재들이 고려인을 우즈베키스탄까지 끌고 가 처형한 것이오."

30구가 넘는 시신을 수습하는 일도 고려인 몫이었다. 마우재들은 총살을 면한 고려인들에게 술을 잔뜩 먹인 후, 들판에 널브러진 시신을 치우라며 총부리를 들이댔다. 아직 어렸던 라지크 씨는 그 광경을 겁에 질린 눈으로 지켜보았다.

그래도, 살아갑니다

"도망을 가려고 해도 갈 곳이 없었소. 주변이 온통 삭풍이 몰아치는 허허벌판이었단 말이지."

군 수송병이었던 아버지가 반동으로 몰려 처형되자 당장 끼니가 걱정이었다. 어머니 혼자 일을 하다 보니 배급량이 절반에도 못 미쳤다. 2남 2녀인 라지크 씨 가족이 할 수 있는 건 하루하루 버티는 것밖에 없었다.

"말이 좋아 콜호스(kolkhoz, 집단농장)지 강제노역이나 다름없었소. 총을 휴대한 콜호스 책임자가 제멋대로 군림했단 말이오. 우리 집만 보더라도 노동력을 갖춘 사람은 어머니뿐이어서 밤마다 앓는 소리가 났었소. 어린 우리들은 어머니마저 상세 날까 봐 눈물로 밤을 지새야 했고요."

다행인 점은 스탈린 마을에 세워진 한인 학교였다. 전교생 500명에 10학년까지 마치면 졸업장이 주어졌다. 라지크 씨는 어머니 뜻에 따라 아버지의 빈자리를 학교에서 채우곤 했다.

"조선인 선생이 우리말도 가르치고 마우재 말도 가르쳤는데 그중 으뜸은 '《레닌기치》(1938년 카자흐스탄공화국 크질오르다시에서 창간된 한글 신문)'였소. 《레닌기치》만 읽을 줄 알면 누구라도 똑똑해질 수 있었소."

라지크 씨는 설날만 손꼽아 기다렸다. 1년 중에서 어머니가 쉴 수 있는 날은 설뿐이었다. 스탈린 마을의 콜호스는 잠자는 시간을 제외하고 365일 기계처럼 돌아갔다.

"1953년 3월 5일이었소. 스탈린의 죽음은 고려인들에게 잔칫

날이나 다름없었소. 원동(遠東, 연해주를 일컫는 고려인식 표현으로 러시아 동쪽을 의미함)에 거주하는 고려인들을 한밤중에 끌어내 중앙아시아로 내몬 독재자가 죽었으니 어찌 기쁘지 않겠소. 무고한 양민을 학살한 독재자들은 사후에도 응당 심판을 받아야 하오.”

연해주 참변은 러시아 내전이 막바지에 달한 1920년 4월에도 있었다. 블라디보스토크에 진출한 일본군은 한인 지역을 습격해 300여 명을 사살했다. 연해주 독립운동의 대부로 알려진 최재형도 그때 우수리스크에서 처형되었다.

스탈린이 사망하고 몇 해 더 지나서였다. 고려인들은 러시아로 돌아가도 좋다는 지시가 떨어졌다. 라지크 씨 가족도 이사 갈 짐을 꾸렸다.

“우즈베키스탄에서 태어난 건 맞지만 두 번 다시 돌아보고 싶지 않았소. 인간 이하의 삶을 강요당하며 살았던 유배지가 아니오. 한반도와 가까운 원동으로 돌아간다는 소식에 만세소리가 절로 나오지 뭐요.”

하지만 막상, 우수리스크행 기차에 오른 라지크 씨는 마음이 무거웠다. 이렇게 떠나고 나면 우즈베키스탄에 묻힌 아버지를 영영 못 볼 것 같았다. 우수리스크로 돌아가는 데만 꼬박 12일이 걸렸던 것이다.

그래도, 살아갑니다

저녁식사를 마치고 밖으로 나오자 비가 내리고 있었다. 봉학 씨가 차를 몰아 도착한 곳은 라지크 씨의 집이었다.

"집이 꽤 너른 편이네요."

4인용 식탁이 놓인 주방을 지나 안방으로 들어섰을 때다. 여남은 명이 자고 남을 만큼 대방이었다.

"여긴 말이오, 땅은 많은데 사람이 없어 탈이오. 집을 짓겠다고 하면 정부에서 땅은 거저 주오. 모스크바에서 공부할 때 시베리아 횡단 기차로 이곳을 다녀가곤 했는데 그때 보고 느낀 것이 있소. 이 마을에서 저 마을을 가려면 기차로 500km 이상 달려야 한다는 것이었소."

시베리아 동쪽 종착지인 블라디보스토크에서 모스크바까지는 9,288km, 지구둘레의 4분의 1을 돌아야 하는 먼 여정이다.

은쟁반에 홍차를 들고 온 라지크 씨가 서랍에서 사진을 한 장 꺼냈다.

"자, 보시오! 우리 어머니가 참 대단하신 분이오. 글쎄 나를 모스크바로 보내 대학 공부를 시켰지 뭐요."

라지크 씨가 내민 흑백사진 속 어머니는 선이 굵고 무척 강인해 보였다.

"아버지를 잃은 어머니는 이모님들과 우애가 깊었소. 이모님들이 우리 네 형제를 친자식처럼 보살펴 주었지만 말이오."

사진에 담긴 가족사를 설명하던 라지크 씨가 한 장의 사진을
더 보여 주었다. 부모님이 함께 찍은 유일한 사진이라고 했다. 하
지만 라지크 씨는 아버지에 대한 기억이 많지 않다며 어머니의 이
야기를 주로 들려주었다.

"모스크바에서 공부할 때 어머니가 늘 하셨던 말이 있소. 마
우재 말은 필요할 때만 하고, 우리말은 자랑스럽게 하라는 것이었
소. 한국 사람들이 잘 쓰는 '한민족'이라는 것도 그때 처음 알았소.
한민족은 이웃이 아니라 서로 피를 나눈 형제나 다름없었던 것이
오."

19년(1937~1956년) 만에 돌아온 우수리스크는 오랜 친구를
만난 것처럼 정겨웠다. '우리도 미국처럼 고기를 많이 먹고 살자'
는 흐루쇼프 정부의 구호도 마음에 들었다.

"우즈베키스탄에서처럼 집단노동은 계속되었지만 심하진 않
았소. 가축도 재량껏 기를 수 있었고. 다스리는 정치에서 함께하는
정치가 시작된 것이오."

"모스크바 생활은 어떠셨나요?"

"마우재 정치(사회주의)가 좋은 점도 있소. 국가에서 무상교
육을 실시한다는 것이오. 기숙사도 무료로 제공되어 약간의 잡비
만 있으면 누구라도 기회를 잡을 수 있었소."

겨울방학이 다가오고 있었다. 지난여름 우수리스크를 다녀온
라지크 씨는 깊은 고민에 빠졌다.

"핏줄은 서로 당긴다는 말도 있듯이 우즈베키스탄을 다녀오

그래도, 살아갑니다

지 않았겠소. 겨울방학을 앞두고 아버지가 꿈에 나타나 환하게 웃고 계시지 뭐요."

한겨울이라 그런지 우즈베키스탄도 모스크바만큼이나 추웠다. 아버지가 잠들어 있는 묘지는 더욱 황량했다. 인적은커녕 거센 눈보라만 나부꼈다.

"벌판에서 총 맞아 죽은 아버지를 기억하는 일이 참으로 끔찍했소. 그 벌판이 보이는 언덕에 아버지가 묻혀 있어 더욱 서러웠고요. 한바탕 목 놓아 울고 나니 가슴은 후련한데 명치끝을 찌르는 고통은 여덟 살 적 모습 그대로 남아 있었소."

살아 있는 게 미안하고 부끄러웠다. 조선에서 러시아로, 러시아에서 우즈베키스탄으로, 다시 우즈베키스탄에서 우수리스크로……. 부모님의 조국을 생각하면 눈물밖에 나오지 않았다. 한반도를 강탈한 일본의 만행도 원망스러웠다.

흐루쇼프에 이어 브레즈네프가 서기장에 오른 뒤였다. 어머니의 죽음은 아버지의 죽음과 또 달랐다. 아버지의 죽음이 심한 충격을 안겨 주었다면 어머니의 죽음은 마지막 남은 연결고리가 뚝 끊어지는 것 같은, 손에 쥔 나침반이 어디론가 사라지고 없었다.

"우리의 혈흔이 마지막으로 닿는 곳이 어디오? 어머니의 고향, 모국이 아니오. 바로 그 길이 막혀 버린 것이오."

어머니를 여읜 라지크 씨는 독한 술에 기대어 나날을 보냈다. 성격도 마우재들처럼 하루가 다르게 거칠어졌다. 아버지는 우즈베키스탄에, 어머니는 우수리스크에 묻혀 탄식이 절로 나왔다.

사료공장에 재직 중인 라지크 씨는 휴직계를 제출한 뒤 가방을 챙겼다.

"더 늦기 전에 어머니의 상세 소식을 알려야 한다는 조급증이 생겨나지 뭐요. 결혼해 자녀를 낳아 보니 아버지의 심정을 알겠더란 말이오."

우수리스크에서 우즈베키스탄은 6,000km가 넘는 멀고 먼 길이었다. 시베리아 벌판을 가로지르는 기차에서 라지크 씨는 아버지를 떠올렸다. 하지만 그 기억들은 편린에 가까웠다. 어머니를 통해 아버지의 이야기를 처음 전해 들은 건 흐루쇼프 정부가 들어선 후였다.

"물고기가 입을 잘못 놀려 미끼에 걸리듯이 스탈린 시절에는 사는 게 무서웠소. 아버지에 대해 물어보고 싶어도 입을 꼭 다문 채 살아야 했소. 콜호스 책임자가 가장 예민하게 여긴 게 뭔 줄 아시오? 죽은 사람을 다시 들춰내는 것이오."

이를 두고 한 말이었을까, 러시아 사람들은 어느 쪽 손으로 성호를 그어야 하는지도 이미 오래 전에 잊어버렸다고. 《이반 데니소비치, 수용소의 하루》에서 알렉산드로 솔제니친은 스탈린의 공포정치와 흐루쇼프의 반동정치를 비아냥거리듯 비판했다.

세상의 끝에 있는 나

바람을 동반한 빗소리가 잠잠해졌다. 멀지 않은 곳에서 개구리

그래도, 살아갑니다

우는 소리가 들려왔다. 홍차를 마시던 라지크 씨가 힘겹게 웃어
보였다.

"한국에 가 본 적은 없지만 저 울음소리의 의미는 알고 있소.
우수리스크로 돌아와 벼농사를 지을 때 어머니가 말하셨소. 개구
리가 우는 걸 보니 경칩도 머지않았다고. 모내기 철이 다가오면 어
머니는 습관처럼 그렇게 말하셨소."

1991년 '소비에트 사회주의 공화국연방(소련)'이 해체되고 지
금의 러시아 독립 국가가 등장할 무렵이었다. 중앙아시아에 남았
던 고려인들이 연해주로 돌아오고 있었다. 그 광경을 지켜보던 라
지크 씨는 한동안 말을 잇지 못했다. 그 어디에도 뿌리를 내리지
못하고 살아가는 고려인들의 처지가 한없이 슬퍼 보였다.

"한국 정치에 관심을 가진 게 노무현 대통령 시절이었소. 고려인은 조선족보다 한국 문이 늦게 열린 편인데 그래도 다행이라 여겼소. 조금씩 섞이다 보면 까맣던 것도 하얘지지 않겠소. 한국이 자랑하는 백의민족으로 말이오."

"한국에 한 번 나가 보지 그러셨습니까?"

"마음이야 굴뚝같지만 자신이 없었소. 한 번 돈맛을 들이면 사람을 잃게 된단 말이지. 아내마저 떠나고 없는 팔자에 돈 벌어 쓸 데나 있겠소. 국가에서 매달 나오는 9,000루블(한화 약 16만 원)로 살면 되오."

닭이 홰치는 소리에 눈을 뜨니 라지크 씨는 아침 준비를 하고 있었다. 창문 너머로 푸성귀를 심어놓은 채마밭들이 보였다.

"원동(연해주)은 아직 조선에 가깝소. 이곳에 남은 늙은이들이 남새 농사를 지어 시장에 내다 판단 말이지. 아내랑 같이 살 때 나도 몇 번 고사리를 꺾으러 간 적 있는데, 고려인 여자들은 고사리 이야기만 나오면 얼굴이 금세 환해졌소."

지난밤 방바닥에 이부자리를 펴고 누웠을 때다. 라지크 씨는 침대가 싫다고 했다. 방바닥에 등짝을 붙이고 누워야 깊은 잠을 잘 수 있다면서. 러시아인들이 포크로 식사할 때도 수저와 젓가락으로 밥을 먹어야 힘이 난다고 했다.

블라디보스토크로 떠나는 기차 시간에 맞춰 우수리스크역으로 향하는 길이었다. 한국인들이 오해하는 부분이 있다며 라지크 씨가 그 점을 바로잡아 주었다.

"고려인들이 북쪽 말을 쓰더라도 기분 나쁘게 생각지 마오. 우리가 북한말을 쓰는 데는 그럴만한 사정이 있었소. 중앙아시아에서 공부할 때 북쪽 교과서로 공부했단 말이지."

파란 하늘색으로 단장한 우수리스크역은 한산했다. 대합실 천장을 응시하던 라지크 씨가 한국에 한 번 가고 싶어도 그럴 수 없는 심정을 솔직하게 털어놓았다.

"내가 왜 아버지의 고향이 경상남도 경주라고 말하지 못하는 줄 아오? 내 고향을 아직 정하지 못했기 때문이오. 지금이라도 지울 수만 있다면 '고려인'이라는 이 문신을 당장 지워 버리고 싶소. 고려인이라는 말만 들어도 너무 서럽고 가슴 아프기 때문이오."

블라디보스토크로 떠나는 기차가 들어오고 있었다. 아주 멀리서, 노랫소리가 들려왔다. 고려인 3세 방 타라마가 부른 노래 <비가 쏟아진다>였다.

밤에는 이 거리가 세상의 끝이 되네
집들이 배들처럼 멀리 떠나버리네
가로등 빛이 슬프게 하네
그대가 올 것을 나는 알고 있네
세상의 끝에 있는 나를 찾을 수 있을 거야
이 밤에 슬프게 쏟아지는 비도 찾을 거야
영원히 기다려야 한다 해도.

그래도, 살아갑니다

ⓒ 박영희, 2020

발행일 1쇄 2020년 7월 15일
     2쇄 2021년 7월 2일
지은이 박영희
편집 김유민
디자인 이진미
펴낸이 김경미
펴낸곳 숨쉬는책공장
등록번호 제2018-000085호
주소 서울시 은평구 갈현로25길 5-10 A동 201호 (03324)
전화 070-8833-3170 팩스 02-3144-3109
전자우편 sumbook2014@gmail.com
페이스북 / soombook2014 트위터 @soombook

값 12,000원 | ISBN 979-11-86452-69-1
잘못된 책은 구입한 서점에서 바꿔 드립니다.
이 도서의 국립중앙도서관 출판예정도서목록(CIP)은
서지정보유통지원시스템 홈페이지(http://seoji.nl.go.kr)와
국가자료종합목록 구축시스템(http://kolis-net.nl.go.kr)에서
이용하실 수 있습니다. (CIP제어번호 : CIP2020026529)